L'enfant de Rio Bardales

KIM LAWRENCE

L'enfant de Rio Bardales

AZUR

HARLEQUIN

Collection : Azur

Titre original :
THE SPANIARD'S SURPRISE LOVE-CHILD

HARPERCOLLINS FRANCE
83-85, boulevard Vincent-Auriol, 75646 PARIS CEDEX 13
Service Lectrices — Tél. : 01 45 82 47 47 - www.harlequin.fr
ISBN 978-2-2804-5153-6 — ISSN 0993-4448

Composé et édité par HarperCollins France. Achevé d'imprimer en février 2021.
par CPI Black Print - Barcelone - Espagne
Dépôt légal : mars 2021.

FSC www.fsc.org
MIXTE
Papier issu de sources responsables
FSC® C159065

Pour limiter l'empreinte environnementale de ses livres, HarperCollins France s'engage à n'utiliser que du papier fabriqué à partir de bois provenant de forêts gérées durablement et de manière responsable.

1.

La musique classique diffusée par les haut-parleurs était presque noyée sous le vacarme des élèves en uniforme qui s'installaient dans l'auditorium de l'école.

Sur la scène, les collègues de Gwen commençaient à froncer les sourcils, mais cette dernière ne prêtait aucune attention aux bavardages qui résonnaient sous les hauts plafonds de la bâtisse de style Tudor. Ses pensées étaient ailleurs.

Ellie avait passé une mauvaise nuit et Gwen avait peur qu'elle soit malade. Elle avait vérifié sa température avant de la déposer à la crèche. Tout semblait normal, mais une vague inquiétude subsistait.

Depuis la naissance de sa fille, elle avait fait deux découvertes. D'abord, l'instinct maternel n'était pas un mythe, ainsi qu'elle l'avait toujours cru. Ensuite, elle devait composer avec une culpabilité complètement irrationnelle, mais qui l'accompagnait dès qu'elle laissait son enfant. Ellie se plaisait pourtant à la crèche et on s'occupait bien d'elle, mais cela n'y changeait strictement rien.

— Arrête de te tracasser.

Gwen se tourna avec un sourire contrit vers son amie Cassie, la coordinatrice de l'enseignement de l'anglais.

— Comment as-tu deviné ?

— Tu te fais du souci pour Ellie. Même si tu donnes

le change et que tu as l'air épanouie, cela ne doit pas être facile tous les jours d'être une mère célibataire.

Gwen baissa les yeux avec un petit haussement d'épaules. Elle s'était un peu confiée à Cassie, mais en disant le minimum, juste que le père d'Ellie n'était pas anglais et ne faisait pas partie de leur vie. Son image flotta un instant dans son esprit, mais elle la repoussa. Les barrières qu'elle avait érigées pour se protéger n'étaient pas très solides et s'effondraient chaque fois qu'elle contemplait les beaux yeux de sa fille…

Un soupir lui échappa. Puis, un cri qui montait des premiers rangs, devant la scène, attira son attention. Son assistante avait apparemment du mal à canaliser l'énergie de la vingtaine d'élèves de cinq ans qui s'ennuyaient et commençaient à s'agiter.

— Il faut que j'aille aider Ruth, dit Gwen.

— Bonne chance ! souffla Cassie. Le proviseur ne sera pas content s'il voit que tu n'es pas avec nous. Il veut *tous* les enseignants rassemblés, ajouta-t-elle en imitant la voix autoritaire de leur directeur.

— Une de plus ou de moins ne changera pas grand-chose. Cela n'empêchera pas sa chère bienfaitrice de lui octroyer sa subvention pour agrandir la bibliothèque. Il vaut mieux que je m'occupe de la discipline.

Elle arriva juste à temps pour retenir un petit garçon qui s'échappait vers la sortie de secours.

— Viens ici, Max.

Gwen le rattrapa par le bras et le reconduisit fermement à sa place.

— Oh ! tu es assis à côté de William… Ce n'est pas une très bonne idée.

En classe, elle les séparait pour avoir la paix.

— Pousse-toi un peu, Sophie. Max va se mettre à côté de toi. Bien, maintenant tu ne bouges plus.

Puis Gwen rejoignit Ruth.

— Tu as failli en perdre un.

— Désolée, Miss Meredith, répondit Ruth avec un sourire de gratitude.

Gwen lui rendit son sourire. Elle avait un peu de mal à être appelée *Miss* par une jeune femme qui avait un an de plus qu'elle, mais la direction de l'établissement prestigieux insistait sur les rapports de hiérarchie entre les membres du personnel. Pour les mêmes raisons, il était vivement déconseillé de nouer des relations sentimentales avec des collègues.

De toute façon, Gwen était trop épuisée pour y songer. Elle se demandait même parfois si elle avait encore une libido.

Quoi qu'il en soit, son expérience avec le père d'Ellie l'avait rendue méfiante envers les hommes. Le plaisir des sens ne lui manquait pas. Elle aurait préféré quelques heures de loisir pour dormir, lire un roman ou se faire les ongles.

— Ce n'est pas grave, Ruth.

— Max me fait des grimaces, Miss, se plaignit Sophie.

— *Max !*

Gwen fronça les sourcils d'un air sévère, puis son regard passa lentement sur les deux rangées occupées par ses élèves, qui se turent instantanément.

— Vous êtes une vraie magicienne ! s'exclama Ruth.

Gwen récompensa les petits d'un hochement de tête satisfait et leur promit une sortie en forêt s'ils étaient sages. Généralement, la carotte s'avérait beaucoup plus efficace que le bâton. Juste au moment où elle s'apprêtait à remonter sur la scène, les bavardages cessèrent dans la salle. N'ayant plus le temps de regagner sa place sans se faire remarquer, elle s'assit à côté de Ruth pendant que le proviseur s'approchait du micro avec son hôte d'honneur.

Gwen écouta distraitement le discours d'introduction, en espérant que la suite ne s'éterniserait pas. La capacité d'attention des enfants de cinq ans était très limitée, surtout quand ils s'ennuyaient. Ils se dissipaient vite.

— Maintenant, je cède la parole à M. Bardales.

Bardales… Ce nom avait des connotations très particulières pour Gwen, sans rapport avec le prix Cavendish qu'il s'agissait de décerner aujourd'hui.

Elle ne laissa rien paraître en surface. Les longs cils qui frangeaient ses grands yeux bleus battirent imperceptiblement. Seul un frémissement très léger, aux commissures de ses lèvres, trahit la peur panique qui menaçait de la submerger.

Respire, Gwen, s'admonesta-t-elle. Elle entrouvrit la bouche pour inspirer plus profondément, comme un plongeur qui reprend son souffle en remontant des profondeurs.

Elle frotta ses bras hérissés par la chair de poule en maudissant son hypersensibilité ridicule. Cela faisait des mois qu'elle n'avait pas ressenti cet horrible vertige, avec la sensation de basculer du haut d'une falaise. Cette fois-là, en apercevant une tête brune au-dessus de la foule, dans un centre commercial, elle avait cru reconnaître l'homme qui l'obsédait depuis bientôt trois ans. Mais elle s'était vite rendu compte de sa méprise. Dénué de toute arrogance, l'inconnu avait une démarche ordinaire, sans cette fluidité féline si caractéristique. Cela n'avait duré qu'un bref instant et le bon sens avait repris ses droits. Avec un soupir de soulagement, elle s'était reproché de céder à son imagination trop vive.

En proie à la même irritation aujourd'hui, elle releva la tête pour observer la cause de son émoi. Très grand, vêtu d'un costume sombre qui le rendait encore plus imposant, l'hôte d'honneur ne la renvoya pas à un simple flash-back. Il ne formait qu'une seule et même personne avec celui qui hantait ses souvenirs.

Oui, c'était bien lui ! Elle fut bien obligée de se rendre à l'évidence. Il n'y avait pas moyen de s'y soustraire. Brusquement, Gwen se retrouva projetée à New York, presque trois ans en arrière.

Perchée sur un tabouret dans le bar aussi cool et sophistiqué que sa clientèle, Gwen se fondait parfaitement dans l'atmosphère, comme si elle appartenait depuis toujours à ce milieu brillant et raffiné. En tout cas, elle donnait parfaitement le change et le temps viendrait sûrement où elle n'aurait plus l'impression de jouer un rôle. Il ne fallait pas se montrer trop impatiente. Elle n'était à New York que depuis trois mois et se donnait cinq ans pour réussir son plan de carrière.

Au début, elle était si anxieuse de faire bonne impression qu'elle se comportait comme à l'université, en travaillant d'arrache-pied, sans s'accorder de loisirs. Certains étudiants pouvaient faire la fête tout en obtenant de bons résultats, mais pas elle. Elle avait sacrifié sa vie sociale pour se consacrer à ses études et parvenir à ses fins. À New York, c'était différent. Il lui avait fallu quelques semaines pour en prendre conscience. Les heures supplémentaires ne suffiraient pas. Elle devait se créer un réseau à l'extérieur.

La première fois qu'elle avait accepté une invitation à la sortie du bureau, elle s'était sentie un peu gauche dans sa tenue de travail, trop stricte et sévère. À présent, elle était devenue experte dans l'art de se changer en cinq minutes dans les toilettes.

Comme tout dans la vie, c'était affaire d'organisation. Elle retouchait d'abord son maquillage, qu'elle rehaussait avec un rouge à lèvres carmin, et lâchait ses cheveux retenus en chignon ou queue-de-cheval sur la nuque. Elle ôtait ensuite ses brillants d'oreilles qu'elle remplaçait par des pendants Arts déco. Puis elle enlevait sa veste, qu'elle pliait et rangeait au fond de son grand sac à main avec ses ballerines, qu'elle échangeait contre des bottines ou des escarpins à talons hauts. Il ne lui restait plus qu'à égayer sa petite robe noire avec un bijou ou un foulard pour achever la métamorphose.

C'était incroyable ce qu'on arrivait à faire avec de la méthode et de l'organisation, et Gwen était extrêmement efficace. C'était ce qui l'avait menée aussi loin dans la vie. Elle savait ce qu'elle voulait et comment l'obtenir. Les gens ne s'y trompaient pas. Une fois, elle avait surpris une conversation où on la décrivait comme quelqu'un d'impitoyable. Un commentaire l'avait particulièrement blessée.

« Tu es simplement jalouse, Trish, parce que Gwen peut jouer de son physique pour se hisser au sommet, mais pas toi… »

Gwen croisa les chevilles et posa une main sur sa nuque en bougeant la tête pour dénouer sa tension. La colère suscitée par cette remarque était retombée depuis longtemps, mais pas l'humiliation. En un sens, ses collègues avaient vu juste. Elle était déterminée à réussir, mais tout de même pas à n'importe quel prix, certainement pas en offrant son corps. Ce jour-là, elle n'avait pas eu le courage de démentir une méchanceté sans fondement, mais elle s'était juré de prouver sa valeur aux yeux de tous.

De toute façon, il n'aurait servi à rien de brandir l'étendard de sa virginité. On se serait moqué d'elle. Il valait encore mieux passer pour une aventurière ambitieuse et sans morale…

— Tu veux autre chose à boire ? demanda Louise, l'analyste financière arrivée juste avant elle dans l'entreprise.

Gwen secoua la tête tout en observant son reflet dans la grande glace, derrière le bar. Ses cheveux d'un brun profond retombaient autour de son visage dans un dégradé parfait. Même si cela lui avait coûté une fortune, elle avait eu raison de s'adresser à une star de la coiffure. Elle leva son verre et dégusta lentement une gorgée de vin blanc, puis se pencha pour entendre ce que disait la voisine de Louise.

— Tout le monde trouve ton accent écossais absolument charmant.

Il aurait fallu crier pour couvrir le bruit des conversations. Gwen préféra hocher la tête avec un sourire poli, malgré l'impression de trahir ses racines galloises.

Au pays, pourtant, personne ne l'aurait reconnue. La petite bûcheuse à lunettes, gauche et mal à l'aise, avait tellement changé !

— Ne te retourne pas, mais *il* ne te quitte pas des yeux depuis qu'il est entré, lui dit Louise avec un coup de menton en direction de la porte.

Même si Gwen avait un penchant romanesque, ce n'était pas sa préoccupation du moment. Malgré tout, il n'était pas désagréable de plaire.

Louise sirota son cocktail avec un soupir, tout en regardant par-dessus l'épaule de Gwen.

— Il est vraiment… incroyable ! Oh ! mon Dieu ! Il vient vers nous.

Gwen entendit sa voix avant de le voir, grave, profonde, avec une mystérieuse pointe d'accent étranger. Inexplicablement, un frisson la parcourut, des pieds à la tête…

Ce fut cette même voix qui fit irruption dans les souvenirs de Gwen, alors qu'elle se remémorait le moment précis où son plan de carrière en cinq ans avait commencé à chanceler.

Comment ai-je pu être aussi jeune, naïve et arrogante ?

Elle revint au présent, dans l'auditorium où, pour une raison inexplicable, Rio Bardales, l'héritier milliardaire de l'empire Bardales, était en train de s'adresser au public. En suivant le geste de son bras jusqu'à sa main ferme et bronzée, Gwen se remémora le contact de ses doigts sur sa peau. La gorge nouée, elle cilla pour chasser les images importunes qui dansaient dans son esprit.

Tout le monde applaudit, sauf elle. L'eût-elle voulu qu'elle n'aurait pas pu. Chaque cellule de son corps lui commandait de s'enfuir en courant, aussi vite et loin que possible.

Elle remua la tête de droite à gauche, dans un déni muet. *Ce n'est pas en train d'arriver !*

— Il ressemble à une star de cinéma, chuchota Ruth en faisant resurgir sans le savoir tout un pan du passé.

Gwen avait pensé exactement la même chose le soir où elle l'avait rencontré dans ce bar new-yorkais. Il l'avait littéralement éblouie. Immense et athlétique – il mesurait plus d'un mètre quatre-vingt-dix –, large d'épaules, il possédait une élégance naturelle et un charme fou. Ses traits réguliers, parfaitement symétriques, le rendaient irrésistible. Il avait des yeux en amande, très foncés, presque noirs, avec des cils très fournis et des sourcils bien dessinés, des pommettes hautes, et un menton carré avec une ombre de fossette. Mais c'était surtout sa bouche, explicitement sensuelle, qui captivait le regard.

Gwen éprouva un vertige quand l'image de son souvenir coïncida avec celle de l'homme debout sur la scène. Les mots qu'il prononçait l'affectaient physiquement. Des frissons couraient sur sa peau pourtant brûlante. Elle avait l'impression que tout le monde s'en rendait compte et la regardait.

On riait dans la salle, parce que Rio savait être drôle et spirituel. Que de bons moments ils avaient partagés…

Les mâchoires crispées, les lèvres serrées pour contenir le sanglot qui montait de sa gorge, la jeune femme ferma les paupières en s'interdisant de replonger dans ses souvenirs. *Non, Gwen, ne te laisse pas submerger…* Mais c'était trop tard. Elle se remémorait déjà le choc du premier contact, quand il avait dégrafé son soutien-gorge pour la serrer contre sa poitrine…

Une myriade de sensations lui tournait la tête. La chaleur de sa peau, son goût salé, son odeur qu'elle humait avec délice et le fourmillement de plaisir intense tandis qu'il pressait ses seins aux pointes dressées contre son torse musclé.

Un désir ardent au fond de ses yeux. Les jambes molles, sans résistance, elle ne trouvait pas la force de parler. Pourtant, il aurait fallu lui expliquer qu'elle se sentait perdue, qu'elle ne savait plus ce qu'elle faisait. Par pure politesse. En réalité, plus le temps passait, moins cela lui semblait important. Elle avait l'esprit complètement embrouillé.

Après tout, pourquoi son manque d'expérience serait-il embarrassant ? Fallait-il vraiment le prévenir ? À quoi bon, puisqu'il ne s'en rendait pas compte ? En outre, coucher avec un inconnu présentait certains avantages. Elle ne lui devait rien, aucune explication… Malheureusement, l'ironie avait voulu qu'il lui assène précisément cet argument quelques jours plus tard, sur un ton glacial et méprisant qu'elle n'oublierait jamais… En dépit de tous ses efforts.

— Je ne te dois rien. Je n'ai pas à me justifier. Une relation sexuelle n'engage à rien.

La brutalité des mots avait assommé Gwen avec la force d'un coup de massue. Tandis que chaque syllabe s'enfonçait cruellement dans sa chair, elle avait croisé les bras sur sa poitrine, comme pour se protéger. Incapable de se promener nue dans la chambre, elle avait revêtu la chemise de Rio pour aller à la salle de bains. Elle adorait respirer son odeur. Mais la douce impression d'intimité avait disparu d'un coup. Mortifiée, tremblant de froid, elle s'était sentie stupide.

Elle avait redressé le menton en se raccrochant à des bribes d'amour-propre.

— Je n'ai jamais prétendu le contraire.

Il avait raison. Quelques nuits de passion torride ne suffisaient pas à fonder une relation. D'ailleurs, il avait été très clair, surtout en découvrant sa virginité. Pour lui, le sexe n'était qu'un divertissement.

Par orgueil, déterminée à ne pas perdre la face, elle avait fait front. Quelle sottise d'avoir nourri de faux espoirs ! Elle ne voulait surtout pas se trahir. Il avait probablement menti quand il prétendait n'avoir jamais connu plaisir aussi extraordinaire. Elle avait mal interprété ses paroles et pris ses désirs pour des réalités.

Sans doute lisait-il en elle, car il avait enfoncé le clou avec une franchise cruelle.

— Rien ne nous lie, toi et moi. Tu n'as pas le droit de me questionner.

Son arrogance hautaine, dédaigneuse, signifiait clairement qu'il ne voulait plus rien avoir à faire avec Gwen.

— Ma vie ne te regarde pas. Je couche avec qui je

veux, et certainement pas avec quelqu'un qui se mêle de lire ma correspondance.

Elle avait essayé de se défendre, mais échoué lamentablement. Elle avait bien lu cette lettre, mais pas intentionnellement, juste en ramassant une pile de papiers tombée par terre. Tandis qu'elle essayait de tout remettre en ordre, un en-tête avait attiré son attention et… Évidemment, elle aurait dû s'arrêter là. Mais la curiosité l'avait emporté et Rio l'avait surprise sur le fait.

Elle n'avait même pas cherché à nier. Cela aurait été ridicule.

Sous son regard accusateur, elle avait pâli et s'était mise à bredouiller.

— J'ignorais que tu avais un enfant, c'est tout… Tu… Tu n'es pas marié ?

— Cela aurait changé quelque chose pour toi ?

Elle l'aurait giflé avec plaisir, mais n'avait pas répondu à la provocation. De toute manière, il lui avait clairement signifié dès le début que leur aventure serait sans lendemain.

Rio Bardales était bien le genre d'homme à exiger un test ADN et à s'entourer de conseillers juridiques pour défendre sa vie privée. Il la toisait avec un dégoût insultant, comme si elle avait commis un crime de lèse-majesté. Gwen en avait plus appris sur lui en deux minutes qu'en trois jours.

— Qu'est-ce que cela peut te faire que j'aie un enfant ou pas ? avait-il ajouté d'un ton coupant.

— Absolument rien.

Elle avait lâché la lettre du laboratoire qui concluait à une correspondance ADN.

— De toute façon, géniteur et père sont deux choses très différentes, avait-elle assené dédaigneusement. La paternité engage durablement, contrairement au simple fait de procréer. J'espère que cet enfant a quelqu'un dans sa vie qui n'a pas besoin de preuve biologique pour jouer son rôle de père.

À ces mots, elle s'était drapée dans sa dignité, avait enlevé la chemise de Rio avec une grimace de répulsion et l'avait jetée par terre avant de se détourner, la tête haute.

2.

Rio Bardales attendit que les rires polis se calment avant de continuer. Il remplaçait sa mère qui avait eu un empêchement et en était très chagrinée. Elle était de ceux qui ont vécu une scolarité heureuse et ont plaisir à évoquer ce genre de souvenirs.

Il regarda les jeunes visages tournés vers lui. Se trouvait-il parmi eux des enfants qui s'endormaient en pleurant après l'extinction des lumières ? Non qu'il ait été traumatisé d'avoir été envoyé tout petit en pension, mais il n'avait guère apprécié l'atmosphère étouffante.

Avec Roman, son frère jumeau, ils s'étaient toujours soutenus l'un l'autre. Du coup, il n'avait pas souffert d'isolement et il y avait suffisamment d'élèves étrangers dans son école pour que son accent ne le marginalise pas. Même s'il avait relativement bien surmonté l'épreuve, il s'était juré de rompre avec la tradition familiale et de ne jamais mettre ses propres enfants en pension. De toute façon, il ne voulait pas d'enfants.

Il arrivait maintenant à la fin de son discours.

— Merci encore, monsieur Jarvis, de m'avoir invité pour remettre le prix Cavendish au nom de ma mère.

Il se tourna vers le proviseur et poursuivit sans lui laisser le temps de répondre.

— Ma mère est vraiment désolée de ne pas assister en personne à la cérémonie car cet établissement tient une place spéciale dans son cœur. Elle est malgré tout présente en esprit. Sans plus tarder, je vais donc remettre la récompense de cette année à la gagnante du prix Cavendish, Clarice Walker.

Il prit la coupe en cristal des mains d'une enseignante, tandis qu'une adolescente rougissante s'avançait dans l'allée centrale sous les applaudissements.

Il lui remit le trophée gravé à son nom, ainsi qu'une enveloppe contenant un chèque d'un montant substantiel.

— Toutes mes félicitations, Clarice. Ma mère se réjouit de vous rencontrer dans un proche avenir, quand elle pourra se déplacer.

En attendant, Lady Cavendish, d'un tempérament plutôt actif, se languissait avec une jambe dans le plâtre à cause d'un accident de ski.

— Merci beaucoup, monsieur Bardales.

La jeune fille se lança dans un discours un peu trop convenu à son goût et qu'il écouta distraitement. D'un naturel cynique, il examinait l'auditoire en cherchant vainement des personnalités rebelles ou excentriques. Il se demandait combien de temps cette jeunesse idéaliste et enthousiaste résisterait à la dureté du monde réel.

Était-il déjà un vieux grincheux, à trente et un ans ? Cela augurait mal de l'avenir…

J'ai peut-être besoin de vacances, médita-t-il. *Ou d'une nuit de plaisir…* Il esquissa un sourire au moment où un mouvement d'impatience se manifesta au premier rang. Un peu de rébellion, *enfin* ! Il encouragea en pensée le petit garçon qui voulait s'échapper mais que quelqu'un s'empressa de neutraliser.

Ou plutôt quelqu'une… Penchée vers l'écolier indiscipliné qu'elle rattrapa par le bras, elle avait de longues jambes et surtout de très jolies fesses, avec une opulente chevelure brune qui retombait dans son dos. Elle agita le doigt dans un geste sévère et autoritaire et le petit garçon se rassit, l'air boudeur.

Rio s'apprêtait à concentrer de nouveau son attention sur la scène quand la jeune femme se redressa en lissant ses cheveux. Leurs regards se croisèrent à ce moment-là.

Cela ne dura qu'une seconde, mais Rio en fut ébranlé, comme s'il avait reçu un coup de massue sur le crâne, avec une onde de choc qui se répercuta dans tout le corps. Il baissa les paupières pour dissimuler son expression et hocha machinalement la tête en réponse à une remarque du proviseur.

La confusion, qui implique un degré d'incertitude ou d'hésitation, était un état totalement étranger à Rio. Mais en cet instant précis, il se sentit extrêmement confus, comme il arrive lorsqu'on aperçoit un visage familier dans un contexte totalement improbable.

Il tenta de maîtriser le trouble provoqué par un afflux de testostérone, pour s'éclaircir les idées.

Que faisait cette carriériste de haute volée dans une école pour gosses de riches ? Une femme si élégante, vêtue d'un pantalon très ordinaire avec un chemisier strict, boutonné jusqu'en haut…

Gwen Meredith, la Galloise dont il avait jadis croisé le chemin, évoluait plutôt dans un décor new-yorkais, habillée d'un tailleur de grand couturier, classique certes pour qu'on la prenne au sérieux, mais griffé et à la dernière mode. Sa beauté hors du commun la distinguait de toutes les jeunes ambitieuses qui jouaient des coudes pour briser le plafond de verre entravant leur réussite.

Il pensait parfois à elle, même si son comportement inquisiteur lui avait profondément déplu. Dans ses fantasmes, elle était toujours nue, couchée sous lui, ses jambes magnifiques nouées autour de ses reins…

Leur aventure datait de presque trois ans. Même s'il

n'était pas du genre à ressasser les erreurs passées, il ne l'avait jamais oubliée.

Il détailla sa silhouette en se remémorant les courbes de son corps. La dernière fois qu'il l'avait vue, elle lui avait tourné le dos ostensiblement, en tenue d'Eve, en se drapant dans sa colère et son orgueil. Il se souvenait précisément de chaque détail, ses longues jambes fuselées, ses épaules bien dessinées, sa taille fine et ses hanches arrondies. Tandis qu'il se rappelait une charmante fossette, au-dessus de la fesse droite, une nouvelle poussée d'hormone l'envahit.

Leur brève liaison lui avait laissé une vive impression et il avait beaucoup réfléchi pour tenter d'analyser les causes de la frustration qu'il ressentait. La rupture avait sans doute été trop brutale. Il n'était pas encore rassasié quand ils s'étaient quittés, et n'avait jamais classé l'histoire en inscrivant mentalement le mot *fin* au bout du dernier épisode.

Gwen Meredith, avec sa jolie voix chantante et mélodieuse, était une femme qu'on n'oubliait pas. Comment serait-il resté indifférent au magnétisme qui émanait d'elle, à cette alchimie qui les poussait l'un vers l'autre ? Quand il glissait le bout de la langue entre ses lèvres pulpeuses, elle gémissait doucement, comme si elle ronronnait… *Dios*, un désir sauvage se réveillait en lui, qu'il n'avait pas éprouvé depuis bien longtemps. En tout cas, toutes les maîtresses qu'il avait eues depuis Gwen semblaient ternes et ennuyeuses en comparaison. Il fronça les sourcils en repoussant les fantasmes qui l'assaillaient et essaya d'élucider l'énigme de sa présence dans ce lieu.

Comment et pourquoi diable avait-elle quitté New York pour venir s'enterrer dans un comté de la vieille Angleterre, et travailler dans une école privée perdue dans la verte campagne ?

C'était un mystère.

Il avait toujours aimé résoudre les mystères.

Gwen tenait fermement la main de Max.

— Assieds-toi, Max.

Sa voix sonnait bizarrement à ses oreilles et manquait de calme et d'autorité. La tête lui tournait et elle pressa une main sur son estomac. Un désir sauvage, incontrôlable, avait surgi au fond de son être. Elle se sentait faible et stupide…

Oh ! cesse de te lamenter, Gwen ! Ressaisis-toi !

Elle redressa le menton avec un petit soupir d'agacement. Elle n'avait pas l'habitude de s'apitoyer sur elle-même et prenait généralement les problèmes à bras-le-corps. Pourtant, dès qu'il s'agissait de Rio, elle n'était plus la même. Inutile de se voiler la face, c'était ainsi, même si elle avait honte d'être victime de ses hormones. Elle se consolait en se disant que peu d'hommes sur Terre possédaient autant de charisme et de sex-appeal que Rio Bardales.

Contrairement à ce qu'elle pensait autrefois, le respect, l'admiration ou la sympathie n'avaient rien à voir avec l'attirance sexuelle. On pouvait parfaitement se retrouver paralysée par le désir sans connexion mystique. Cela lui faisait peur de se savoir aussi vulnérable. En y réfléchissant au fil des trois dernières années, elle avait mis cette fragilité sur le compte du manque d'expérience et d'un éveil tardif à la sexualité. Rio Bardales avait probablement joué un rôle de catalyseur, mais le sort aurait très bien pu désigner quelqu'un d'autre.

Force lui était aujourd'hui d'admettre qu'elle s'était lourdement trompée. Elle s'était tétanisée dès la première seconde où elle l'avait revu. Il l'avait lui aussi immédiatement reconnue, elle l'avait lu dans ses yeux. Essaierait-il maintenant de lui parler, de comprendre ce qu'elle faisait ici et pourquoi elle avait quitté New York ? Elle pinça les lèvres. Ses connaissances et sa formation pointue dans le domaine financier ne lui avaient été d'aucune utilité dans la vie et avec les hommes. Elle se sentait parfois terriblement démunie…

Cédait-elle à la paranoïa, en croyant qu'il l'avait reconnue ? Elle n'avait plus rien de commun avec la jeune femme d'affaires sophistiquée et ambitieuse qu'elle était à New York, celle qui s'habillait dans les boutiques de haute couture et qui ne doutait pas de sa brillante carrière.

Pour le moment, elle voulait juste sortir d'ici, pour se tirer d'embarras aussi dignement que possible.

— Max a besoin d'aller aux toilettes, chuchota-t-elle à l'oreille de Ruth.

Cette dernière s'apprêta à se lever, mais Gwen lui mit la main sur l'épaule pour la presser de rester assise.

— Non, je…

Le petit garçon commença à protester, mais Gwen lui adressa un sourire ferme et déterminé.

— Je t'accompagne, Max.

Finalement assez content d'échapper quelques instants à cette cérémonie ennuyeuse, il la suivit docilement.

Une fois dans le couloir, décoré de photographies d'exploits sportifs d'anciens élèves, Gwen regretta d'avoir pris la fuite en obéissant à une impulsion. Elle avait peut-être attiré l'attention sur elle et obtenu le contraire du résultat escompté…

— Miss… ?

Elle reporta son attention sur l'enfant.

— Vas-y, Max, je t'attends là.

Elle s'adossa contre le mur. Ce n'était pas la peine de paniquer. Ellie était en sécurité à la crèche de l'établissement, où il n'était guère probable qu'on emmène le visiteur de marque. L'annexe en brique rouge était un ajout récent, une commodité à laquelle Gwen avait été sensible quand elle avait postulé comme enseignante. On guiderait plutôt le riche mécène vers la galerie de portraits des célébrités qui avaient fréquenté l'école, puis vers le nouveau bâtiment dédié aux sciences et doté d'installations technologiques d'avant-garde. Après un tour dans le parc classé patrimoine historique, la visite s'achèverait par un thé dans le bureau du proviseur.

Gwen n'avait rien à craindre. Ni, surtout, Ellie.

Néanmoins, elle n'arrivait pas à se détendre. Cette coïncidence inattendue avait des allures de cauchemar. La main sur la bouche, elle commença à faire les cent pas, mais ses jambes tremblantes l'obligèrent vite à s'arrêter. Elle s'accouda sur le rebord de la fenêtre et contempla distraitement le carré de plantes aromatiques qu'elle cultivait avec sa classe.

Tout se passerait bien. Néanmoins, juste au cas où, il valait mieux envisager une catastrophe pour s'y préparer mentalement. Que pouvait-il arriver de pire ?

C'était une situation qu'elle n'avait jamais imaginée après avoir décidé de ne pas annoncer sa grossesse à Rio. Le choix n'avait pas été facile parce qu'il était en désaccord total avec son scénario de vie. Une fois assurée sa réussite professionnelle, elle se projetait dans l'avenir avec des enfants, au sein d'une relation sentimentale stable.

Moralement, elle avait certes conscience qu'un homme avait le droit de revendiquer sa paternité et qu'un enfant pouvait avoir envie de connaître son père. Malgré tout, connaissant d'avance la position et la mentalité de Rio Bardales, elle avait jugé bon de passer outre. Il avait déjà effectué une recherche d'ADN et ne se comporterait pas différemment cette fois-ci. Le sujet ne présentait pas d'intérêt pour lui.

Au cours de sa grossesse, elle avait hésité à le contacter à plusieurs reprises et avait même rédigé des mails qu'elle n'avait jamais envoyés.

> Il me semble plus correct de te prévenir, mais tu n'as pas à t'inquiéter. Je ne te demanderai jamais rien, et certainement pas de t'impliquer dans la vie de cet enfant.
>
> Je te serais toutefois reconnaissante de me transmettre les informations concernant les antécédents médicaux dans ta famille.

Ses atermoiements n'avaient cessé qu'à la naissance, lorsqu'elle avait serré entre ses bras son adorable petite fille. Son cœur s'était gonflé d'un formidable amour protecteur, qu'elle n'avait jamais imaginé auparavant.

Pourquoi se serait-elle souciée des droits d'un homme pour qui la paternité se limitait à une contribution génétique ? Son bébé méritait le mieux, non un père récalcitrant qui ne s'intéresserait jamais à elle. Gwen avait définitivement réglé la question ce jour-là.

Elle agissait d'ailleurs en connaissance de cause et savait de quoi elle parlait. Fille unique, elle avait grandi auprès d'un père qui se croyait le centre du monde et réclamait toute l'attention. Elle avait vite appris à ne pas rivaliser à ses yeux avec sa mère. Malgré cela, il n'avait jamais accepté son existence.

Elle ne savait plus à quel âge elle avait découvert ses innombrables infidélités. Elles avaient d'ailleurs commencé pendant la grossesse de sa femme qui avait constitué l'élément déclencheur. Il utilisait cet argument pour justifier son comportement volage. Par la suite, la situation du couple n'avait cessé de se détériorer. Ils présentaient pourtant au monde extérieur l'image d'une petite famille parfaitement unie. Mais la naissance d'un bébé qu'il ne désirait pas était la source de tous les problèmes.

L'éloignement géographique avait beaucoup pesé dans la décision de Gwen. Il était plus qu'improbable que sa route croise un jour à nouveau celle de Rio Bardales. Ils évoluaient dans deux univers totalement différents. Un jour, en reconnaissant son numéro dans ses appels manqués, elle s'était tout de même sérieusement interrogée. L'aurait-elle mis au courant si elle avait décroché ? Comment aurait-il réagi en la voyant ? Elle se trouvait alors à l'hôpital, très affaiblie, avec une perfusion dans le bras. Des nausées persistantes l'empêchaient de se nourrir convenablement et cela avait duré pendant cinq longs mois.

— Miss… Miss…

Max la tirait par le pantalon. Il s'était aspergé le visage et le devant de sa chemise était trempé. Elle lui sourit avec affection. Un mélange de hasards et de nécessité l'avait conduite à l'enseignement, un métier qu'elle adorait.

— Qu'est-ce que tu as dans la main ? demanda-t-elle en voyant ses doigts refermés.

— Une abeille. Elle cognait contre la vitre en essayant de sortir. Elle est gentille. Elle ne va pas me piquer.

Gwen s'empressa d'ouvrir la fenêtre pour libérer l'insecte. Un souffle d'air parfumé monta du jardin, en même temps que les voix des enfants qui se rangeaient dans la cour avant de regagner leurs salles.

— Ah, la voilà !

Le sourire de Gwen se figea sur ses lèvres quand elle aperçut le proviseur accompagné de son hôte d'honneur. Elle aurait voulu disparaître dans un trou de souris.

— Madame Meredith, je disais justement à M. Bardales…

— Appelez-moi Rio, je vous en prie…

Le proviseur acquiesça avec une expression flattée.

— … Combien sa mère s'intéressait à vos expériences d'enseignement en plein air.

— Je partage tout à fait son enthousiasme, déclara Rio avec un large sourire effronté, tout en la détaillant insolemment des pieds à la tête.

Par instinct de préservation, Gwen réussit à ne rien trahir, mais le choc, la culpabilité et la peur la paralysaient littéralement, tant elle avait honte du brusque accès de désir qui l'avait gagnée tout entière, traîtreusement. Elle inspira profondément, pendant que le chef d'établissement poursuivait la conversation sans se rendre compte de l'atmosphère électrique.

— Venez avec nous, madame Meredith.

Il s'interrompit, l'air irrité.

— Ah, voici justement vos élèves !

Sauvée par le gong, songea Gwen avec soulagement. Il ne lui restait plus qu'à passer la tête haute devant Rio et c'était fini, se dit-elle avec un optimisme déterminé.

— Allons-y, lança-t-elle en prenant Max par la main.

Mais le garçon s'échappa en courant pour rejoindre ses camarades. Évitant prudemment tout contact visuel avec Rio, la jeune femme salua les deux hommes d'un signe de tête et le suivit.

— Non, madame Meredith.

Elle s'immobilisa et se retourna avec une expression poliment interrogative.

— Venez présenter vos projets innovants à notre invité. J'avoue que j'avais des doutes au début, mais vous m'avez totalement convaincu. Nous avons même inclus l'expérience dans notre brochure, ajouta-t-il à l'intention de Rio. Les parents sont enthousiastes. Je vous laisse avec elle, qui vous expliquera mieux que moi.

Gwen tenta désespérément d'invoquer une excuse.

— Mes élèves…

— Ramenez M. Bardales dans mon bureau à 14 h 30, la coupa le proviseur péremptoirement. Nous tiendrons une petite réunion avec les coordinateurs de discipline avant de prendre le thé.

— Vous m'en voyez ravi, commenta Rio.

Il s'était promis jusque-là de repartir le plus vite possible, mais avait changé d'avis au vu de la situation inattendue.

Puisqu'il était impossible de se dérober, Gwen s'obligea à affronter son regard. Des picotements irrépressibles couraient sur sa peau. En présence de Rio Bardales, il était impossible d'ignorer l'aura de virilité triomphante qu'il irradiait.

Rio la considéra avec une froideur que démentaient ses poings serrés le long du corps.

— Quelle surprise, *madame* Meredith.

— En effet, répliqua-t-elle, laconique.

Rassurée par son calme apparent, elle chercha une excuse pour le planter là. Il suffisait de passer le relais à une jeune et jolie collègue qui en tomberait en pâmoison…

Elle l'examina en retour avec tout le mépris dont elle était capable, mais cela ne dura qu'un bref instant. Il était vraiment trop séduisant…

3.

— Tu es mariée ?

Les femmes mariées gardaient de plus en plus souvent leur nom de jeune fille… Curieusement, cela le dérangeait. Mais peut-être avait-elle divorcé.

Sans mot dire, Gwen plissa le front et se recroquevilla, comme un animal pris au piège.

— Ton mari travaille aussi dans cette école ? demanda-t-il avec une pointe de dédain.

C'était peut-être un macho qui l'avait obligée à quitter sa carrière pour lui. Auquel cas elle avait eu bien tort d'abandonner ses rêves d'un avenir prometteur et brillant. Surtout pour s'habiller ainsi…

Il suivit des yeux la courbe de sa silhouette. Même vêtue d'un sac, elle lui aurait paru désirable ! L'idée qu'elle ait changé de vie par amour le mettait très en colère, mais sans comprendre pourquoi. Son choix la regardait, même si c'était du gâchis. Tôt ou tard, elle le regretterait.

Tu ne voulais pas d'elle, mais tu ne veux pas non plus qu'elle appartienne à un autre, suggéra une petite voix perfide.

— Cela a été un plaisir de te revoir, lança-t-elle gaiement.

— Comme cela sonne faux ! répondit-il en riant.

Le masque poli de Gwen tomba. La sincérité n'étant pas à l'ordre du jour, elle n'avait pas la moindre envie de poursuivre la conversation. Elle baissa à demi les paupières pour dissimuler son animosité et continua comme si elle n'avait pas entendu son interruption sarcastique.

— Je vais rejoindre mes élèves. Sinon, ils vont se déchaîner…

— Tu ne devais pas me parler de ton projet éducatif ?

— Comme si cela t'intéressait ! railla-t-elle.

Le proviseur serait furieux si son ironie lui parvenait aux oreilles… Gwen regretta son mouvement d'humeur devant la lueur goguenarde qui s'alluma dans les beaux yeux bruns que sa fille avait hérités.

— Mais évidemment, l'assura Rio du tac au tac.

Elle pinça les lèvres sans répondre à la provocation.

— L'innovation pédagogique ne doit pas aller de soi dans un endroit comme celui-ci, surtout pour des activités de plein air, observa-t-il en examinant l'architecture Tudor de l'édifice.

Son attitude narquoise irritait d'autant plus Gwen qu'il se moquait éperdument du sujet. Il cherchait simplement à la déstabiliser.

— Tu as sans doute fréquenté une école de centre-ville, répliqua-t-elle en s'énervant, comme tous les enfants de familles privilégiées.

Elle s'empourpra, furieuse contre elle-même de perdre son sang-froid.

— Pas toi ?

Surprise, elle secoua la tête presque imperceptiblement.

— Non, j'ai grandi à la campagne, dans le centre du pays de Galles.

Après l'école primaire, elle avait été obligée de prendre le bus pour aller au collège dans la ville la plus proche.

Cet échange de banalités avec Rio lui laissait une sensation bizarre. Ils avaient eu des relations intimes, il avait exploré chaque centimètre de son corps et elle avait éprouvé une fascination infinie pour le sien. Pourtant, à part quelques discussions professionnelles, ils ne s'étaient pratiquement rien dit. Il ne savait quasiment rien d'elle. Cela n'aurait pourtant pas dû l'étonner, il ne nouait aucun lien en dehors de la chambre à coucher…

Pour Rio, c'était un choix et il n'avait pas l'impression d'y perdre quoi que ce soit. Oh ! il éprouvait quelquefois un vague sentiment de vide, même après des rapports sexuels satisfaisants. C'était sans doute le prix à payer pour rester libre. Sinon, il se retrouverait vite enchaîné dans une relation sentimentale étouffante, et il ne croyait pas à l'amour. Qui sait, il se conduirait peut-être comme son père, persuadé d'aimer sa compagne et de la protéger alors qu'il la détruisait…

Gwen entrevit au fond de ses yeux une lueur qu'il s'empressa de cacher, la frustrant dans sa curiosité.

De toute façon, elle se moquait éperdument de lui. Elle voulait juste qu'il disparaisse de son existence.

— Eh bien, je t'écoute, reprit-il. Parle-moi de ton projet éducatif.

Elle obtempéra avec un petit haussement d'épaules, en espérant l'ennuyer très vite. Mais le sujet l'enthousiasmait. Au bout de quelques minutes, elle s'arrêta brusquement, confuse de se laisser emporter.

— Si je comprends bien, les enfants sont davantage motivés quand ils ne sont pas enfermés entre quatre murs ? dit Rio.

Elle avait l'habitude qu'on lui oppose un certain scepticisme, mais elle ne le tolérait pas de la part de Rio.

— Absolument, déclara-t-elle avec assurance. Les expériences concrètes structurent leur pensée en leur donnant une meilleure compréhension de leur environnement. Toutes les recherches montrent que les résultats académiques sont bien meilleurs et…

— C'est cool, la coupa-t-il avec un sourire malicieux. Détends-toi.

Son téléphone vibra dans sa poche et il le sortit pour couper le son, sans même regarder l'écran.

— Je suis tout à fait favorable à ce genre de méthodes, continua-t-il. Les enfants ont besoin de sortir de l'atmosphère confinée de la salle de classe. En ville, c'est un peu difficile, mais ici…

Il balaya d'un geste l'immense parc.

— Tu n'as pas à aller loin pour trouver l'espace et la verdure.

— J'ai de la chance, acquiesça-t-elle.

Qui aurait cru, ce matin au réveil, qu'elle discuterait de son métier d'enseignante avec le père de son enfant ? Allaient-ils parler de la pluie et du beau temps, maintenant ?

— Tu as acheté une maison dans le coin ? demanda-t-il en essayant d'en apprendre davantage.

— L'école nous loge dans un cottage, sur le domaine.

À lui de décider ce que le *nous* recouvrait. Elle ne mentait pas, mais le ferait sans hésiter pour protéger Ellie en cas de nécessité.

Un muscle tressauta sur la mâchoire de Rio et un goût amer lui remplit la bouche à l'évocation du bonheur bucolique évoqué par les propos de Gwen. De toute manière, lui ne croyait pas au bonheur…

Contrairement à nombre de ses congénères, il ne rêvait pas de passer son existence auprès de l'âme sœur et n'avait aucunement l'intention de se marier.

Il n'était pas loin de penser que *tous* les mariages étaient toxiques. Celui de ses parents avait-il débuté par une lune de miel ? En tout cas, il s'était transformé en enfer. Pour sa part, il n'avait pas la moindre envie de tenter le sort. En affaires, il avait la réputation de prendre des risques. Néanmoins, il s'agissait de risques calculés, en fonction d'éléments objectifs savamment analysés. En matière de relations humaines, il y avait davantage d'incertitudes.

Des pleurs d'enfant, derrière lui, interrompirent le cours de ses pensées. L'expression qui se peignit soudain sur le visage de Gwen l'intrigua. Elle tremblait littéralement de peur. Il ne l'avait jamais vue ainsi. Ses yeux bleu cobalt reflétèrent un affolement sans nom et elle battit rapidement des cils comme pour le dissimuler. En même temps, elle respirait avec une telle difficulté qu'il crut qu'elle allait s'évanouir.

Il tendit le bras pour la soutenir, mais elle changea brusquement d'attitude. Elle reprit vie, comme une statue qui s'animait, et la couleur revint sur ses joues pâles. D'un seul coup, elle sembla… *se résigner ?* Il fronça les sourcils mais n'eut pas le temps de demander ce qui se passait. Au moment où il ouvrait la bouche, une matrone en robe à fleurs le bouscula, tout en s'efforçant de calmer les cris stridents d'une petite fille aux cheveux bruns serrée contre elle.

— Gwen, je suis vraiment désolée, elle vous réclame sans arrêt. On n'arrive pas à la consoler.

— Elle pleure depuis longtemps ?

— Non, une demi-heure.

— Ne vous inquiétez pas.

Gwen tendit les bras et Ellie, secouée par de gros sanglots, s'accrocha à son cou. La chaleur de son petit corps se communiqua aussitôt à Gwen qui se remémora avec émotion l'instant de sa naissance, quand on l'avait posée sur sa poitrine.

— Chut, mon cœur… je suis là.

Le pire était sur le point de se produire… Mais n'ayant pas le choix, elle adressa un sourire rassurant à l'assistante maternelle.

— Merci de me l'avoir amenée.

— La pauvre enfant…

La femme ébouriffa affectueusement les cheveux de la fillette.

— Il faut que j'y retourne, Gwen. Je n'ai pas le temps de m'attarder.

— Bien sûr. Merci encore. J'avais l'impression qu'elle n'allait pas très bien, ce matin. Maintenant, je regrette de ne pas l'avoir gardée à la maison.

Elle aurait pu prendre sa journée en compensation des nombreuses heures supplémentaires effectuées avec les classes de lycée. Elle avait même animé un club d'économie pendant son congé de maternité. À son arrivée dans l'établissement, elle avait d'abord occupé un poste de remplaçante. Puis on lui avait offert une vacation de six mois en maternelle, qui avait débouché sur un contrat à durée indéterminée. Une véritable chance pour quelqu'un qui n'avait jamais songé à entrer dans l'enseignement et à qui le métier plaisait énormément.

Elle semblait loin, l'époque où elle courait après l'argent et la gloire !

Rio resta cloué sur place pendant que les rouages de son esprit se mettaient lentement en branle. La réalité l'interpellait avec une telle rudesse qu'il était impossible de s'y soustraire. Malgré tout, il eut besoin de quelques secondes pour se rendre à l'évidence. Il attendit que la matrone en robe à fleurs ait disparu pour s'exprimer.

— C'est ta fille…

Quel choc ! Dans sa tête, la situation était figée dans l'état où elle se trouvait trois ans plus tôt. Gwen restait cette jeune femme ambitieuse, incroyablement désirable, sincère et disponible, avec laquelle il n'envisageait cependant rien d'autre qu'une brève aventure. Au moment où il commençait à avoir des remords, il l'avait surprise en train de lire sa correspondance, et tout s'était brutalement terminé. La scène avait aussitôt ravivé des souvenirs toxiques de son père qui vérifiait les messages de sa mère sur son téléphone ou sa boîte mail, et supprimait les numéros qu'il jugeait, *lui*, inutiles ou superflus. *Dios*, non seulement Gwen était mariée, mais elle était aussi mère de famille.

— Oui…, répondit-elle. Maintenant, excuse-nous…

— Attends !

Il se pencha et ramassa le lapin en peluche qui était tombé par terre.

— C'est à toi ? demanda-t-il à l'enfant blottie contre sa mère, et épuisée par sa crise de larmes.

La petite fille se redressa avec un air soupçonneux et le dévisagea de ses grands yeux bruns. Puis, hochant la tête, elle reprit son jouet et se pelotonna de nouveau contre sa maman.

Gwen sentit dans sa chair la réaction de Rio. Une tension incroyable, tangible, émanait de lui. Pendant ce qui parut une éternité mais ne dura sans doute que quelques secondes, il fixa la nuque de la fillette sans mot dire.

Quand il parla, ce fut à voix basse et en espagnol. Gwen n'avait que des rudiments scolaires de cette langue, mais elle n'eut pas besoin d'un dictionnaire pour traduire.

Il savait. *Bien sûr !*

Il aurait fallu être aveugle ou stupide pour ne pas deviner les raisons de son trouble et de sa pâleur.

Il voyait ce qu'elle avait elle-même constaté à la naissance d'Ellie. Avant son accouchement, elle acquiesçait distraitement quand les gens évoquaient les ressemblances criantes d'un enfant avec l'un ou l'autre de ses parents. Pour elle, tous les bébés étaient pareils.

Mais Ellie était le vivant portrait de Rio, depuis le premier jour. Elle s'était d'abord dit que cette ressemblance s'atténuerait avec le temps, quand la petite fille grandirait, mais la confrontation d'aujourd'hui démontrait le contraire.

Rio n'avait même pas besoin d'un test ADN pour confirmer sa paternité. La structure de leurs visages était absolument identique, avec le même dessin du front et de la mâchoire, et leurs yeux, exactement de la même couleur, étaient frangés des mêmes cils très noirs.

— Cette enfant… est de moi.

Il était manifestement très choqué. Même s'il était déjà père, l'histoire se répétait différemment. Cette fois-ci, la réalité s'imposait à lui d'une manière concrète et totalement inattendue.

Avait-il jamais rencontré son premier enfant ? se demanda Gwen. Qui sait s'il n'avait pas finalement épousé la mère… Étrangement, cette idée la dévasta. Pour Ellie, bien sûr, mais pas seulement. Cette possibilité lui était insupportable.

Elle n'arrivait pas à détacher les yeux du petit muscle qui tressautait sur la joue de Rio. Il ne lui vint même pas à l'esprit de mentir. Cela n'aurait servi à rien.

— Oui, c'est ta fille. Elle s'appelle Ellie et a juste deux ans.

L'estomac noué, elle guetta sa réaction.

— Ton mari connaît la vérité ?

Elle lui lança un regard dédaigneux. Il la tenait vraiment en piètre estime, s'il la croyait capable d'une telle duplicité. Elle l'aurait volontiers giflé.

— Tu as toujours une haute opinion de moi. Je ne suis pas mariée.

Il secoua la tête impatiemment.

— Tu m'as pourtant dit, tout à l'heure…

Elle redressa le menton d'un air de défi.

— Je n'ai rien dit du tout. C'est toi qui as tiré tes propres conclusions, trop hâtivement. Chut, Ellie, ma chérie, murmura-t-elle quand l'enfant recommença à s'agiter.

— Tu ne m'as pas détrompé…

— Je ne te dois aucune explication, rétorqua-t-elle en maîtrisant tant bien que mal son indignation.

Une lueur bizarre s'alluma dans les yeux de Rio tandis qu'il regardait la fillette. Brusquement et pour la première fois, Gwen prit peur. Et s'il voulait lui enlever Ellie ? Elle n'avait jamais envisagé cette éventualité.

— Je ne suis absolument pas d'accord, répondit-il, l'air sombre.

Incrédule, Gwen ferma les paupières pendant que la colère dissipait les derniers vestiges de culpabilité.

— Je ne te dois rien et tu ne me dois rien non plus. Nos chemins se sont croisés par hasard, c'est tout.

Rio plongea les yeux dans les siens.

— Nous nous sommes revus. Plusieurs fois, murmura-t-il.

L'enfant – *son* enfant – se remit à geindre et à sangloter dans les bras de sa mère. Debout au milieu du hall, ils commençaient à attirer l'attention des élèves et des professeurs qui passaient par là.

— J'ai du mal à croire à la réalité de cette conversation, dit Gwen.

— Qu'imaginais-tu ?

Elle rougit violemment.

— Ce n'était pas censé arriver.

— Quoi donc ? Ta grossesse ou cette rencontre imprévue ?

— Les deux, admit-elle en tirant sur une mèche de cheveux qu'Ellie avait empoignée.

— Si elle est malade, tu devrais l'emmener chez le médecin, observa-t-il, la mine sévère.

Il avait l'impression de rêver tout éveillé. Maintenant que le choc s'estompait, une colère sourde émergeait à l'idée de tout ce qu'il avait raté, tous ces moments perdus qu'il ne rattraperait jamais.

— Je sais ce que j'ai à faire, maugréa Gwen.

De quoi se mêlait-il ? Ce n'était pas lui qui dormait mal la nuit et souffrait du manque de sommeil.

Cet homme avait tellement d'emprise sur elle que les souvenirs de leur folle passion resurgirent tout à coup, sans crier gare. Une image indélébile s'était gravée dans sa mémoire, un moment parfait qui lui avait laissé une profonde nostalgie. Elle revoyait Rio couché sur le dos, un matin de très bonne heure, un bras levé au-dessus de la tête, le visage lisse, parfaitement détendu. La lumière de l'aube qui filtrait sous les stores jetait un reflet doré sur sa peau et faisait ressortir sa puissante musculature.

Elle avait caressé doucement son torse en glissant vers le bas de son ventre. Alors qu'elle le croyait endormi, il l'avait brusquement saisie par le poignet, une lueur malicieuse au fond des yeux, et l'avait attirée sur lui…

Elle s'arracha avec effort à ses souvenirs déchirants.

— Le lieu et le moment sont mal choisis pour parler, déclara-t-elle.

Il eut un signe d'assentiment.

— Où et quand, alors ?

L'affolement se peignit sur les traits de Gwen. Elle n'échapperait pas à un face-à-face.

— Chez moi, soupira-t-elle.

— Tu habites sur le domaine, n'est-ce pas ? D'accord, je trouverai.

Il jeta un coup d'œil à sa montre.

— Vers 5 heures ?

— Non, plutôt 6.

Ellie dormirait sûrement. Tant pis si l'horaire ne convenait pas à Rio Bardales. Il n'était pas le centre du monde.

4.

Gwen, qui essayait de donner à sa fille un médicament pour faire tomber la fièvre, remarqua distraitement que sa main tremblait. Quand Ellie détourna la tête pour la quatrième fois et que le sirop se répandit sur son chemisier, les larmes qu'elle contenait à grand-peine se mirent à couler sur ses joues.

Elle inspira profondément et se frotta les yeux. *Cela ne mène à rien de s'apitoyer sur soi-même.*

Elle refoula un sanglot et s'obligea à sourire. Son changement d'attitude se communiqua à l'enfant, qui arrêta de pleurer et ouvrit de grands yeux.

Gwen en profita pour porter de nouveau la cuillère à ses lèvres.

— C'est très bien, ma chérie…

Elle poussa un soupir de satisfaction. Avant la naissance d'Ellie, elle avait peur de ne pas savoir nouer des liens avec sa fille. Elle était loin d'imaginer la force instinctive de l'amour maternel. Soudain, l'image de Rio se présenta à son esprit, avec son expression choquée quand il avait vu Ellie.

Qu'avait-il ressenti en découvrant aussi brutalement sa paternité ? Et qu'éprouvait-il maintenant, avec un peu de recul ?

Il s'interrogeait peut-être sur la manière d'annoncer la

nouvelle à la mère de son fils – sa compagne… sa femme ? Il avait pu se passer beaucoup de choses, en trois ans.

Quelle facette de sa personnalité Rio montrerait-il tout à l'heure ? Serait-il en colère ? Distant ? Sérieux et pragmatique ?

Viendrait-il, seulement ?

Elle frissonna en se remémorant une autre expression, dans ses yeux. Il n'avait pas l'air d'un homme prêt à renoncer à ses droits.

Rejetant résolument la possibilité d'un scénario catastrophe, Gwen se persuada qu'il était inutile de préparer un plan d'action.

Elle préférait s'accrocher à l'optimisme qui l'avait soutenue jusqu'ici. D'ailleurs, elle s'était sentie libérée le jour où elle avait enfin mis un terme définitif à ses réflexions et décidé de ne rien dire à Rio. Elle avait agi pour le mieux en entamant seule ce nouveau chapitre de son existence.

Gwen n'avait pas besoin de Rio et ne le contacterait pas pour réclamer son aide. Elle ne s'humilierait pas non plus en se soumettant à l'exigence d'un test ADN. Elle l'avait effacé de sa vie. Ou plutôt, pour être tout à fait honnête, elle s'y employait et ne désespérait pas d'y arriver.

Dommage qu'il ne se soit pas fixé le même objectif !

Avec Ellie contre son épaule, elle marcha de long en large dans le salon en chantonnant doucement. Malgré quelques coups de pied et grognements de protestation, la fillette, bercée par le rythme régulier, ne tarda pas à s'assoupir. Quand sa respiration devint profonde et régulière, Gwen attendit encore quelques minutes et poussa la porte de l'unique chambre. Elle avait reporté la recherche d'un logement plus grand. Pour l'instant, Ellie dormait dans son berceau au pied de son lit.

Elle écarta le drap de dessus et coucha l'enfant endormie. Elle avait les pommettes roses, mais la fièvre était tombée. Gwen tira ensuite les rideaux et sortit de la pièce sans faire de bruit.

De retour dans le salon, elle jeta un coup d'œil anxieux à la pendule. Il était dur de se concentrer sur ce qu'elle dirait à Rio parce qu'elle n'avait pas la moindre idée de ce qu'il voulait. Elle se mordit la lèvre en luttant contre une nouvelle vague de désespoir.

Pour l'amour du ciel, Gwen, ressaisis-toi !

Avec détermination, elle remit un peu d'ordre, ramassa un jouet qui traînait et retapa les coussins du canapé. La veille encore, elle regrettait de ne pas avoir davantage de place dans son cottage. Aujourd'hui, tout lui semblait parfait. Il suffisait de sentir peser une menace pour se trouver tout à fait satisfaite de son sort.

Elle visualisait mal Rio dans ce cadre très éloigné de son environnement naturel. Il vivait dans le luxe et elle frémit à l'idée de sa présence dans ce décor et cet espace restreint. Elle avait honte de l'avouer, mais elle était encore très vulnérable à l'aura de sexualité qui émanait de lui. Il n'aurait servi à rien de le nier.

Ce qui prouvait bien que l'alchimie sexuelle agissait sans discriminer. Elle se dirigea vers sa minuscule cuisine et se servit un verre d'eau pour humecter sa gorge sèche.

C'était surtout l'incertitude qui la mettait à rude épreuve. Si Rio était dans le déni, elle s'en accommoderait. Il n'était d'ailleurs pas exclu qu'il réagisse ainsi.

Il voulait peut-être s'assurer qu'elle ne lui réclamerait rien pour l'avenir. Elle était prête à signer tout de suite pour qu'il les laisse en paix.

Gwen retourna dans la chambre sur la pointe des pieds pour vérifier que tout allait bien. Elle sursauta violemment quand le vent rabattit une branche de rosier contre la fenêtre.

Calme-toi, Gwennie, s'admonesta-t-elle. Elle esquissa un sourire. C'était évidemment impossible. Elle sortit un tube de gloss de sa poche et le passa sur ses lèvres avant de repartir au salon, où elle s'assit sur le canapé.

Serait-il à l'heure ?

Aurait-elle dû contacter un avocat ?

De toute manière, elle n'en connaissait pas ! Rio, lui, avait les meilleurs conseillers juridiques à sa disposition.

Apercevant un cube coloré qui avait échappé à son attention, elle se releva pour le ranger dans le coffre à jouets, juste au moment où on frappait à la porte.

Elle afficha un masque neutre et alla ouvrir.

Devant Rio en bras de chemise, elle ne put s'empêcher d'admirer sa carrure imposante et rougit aussitôt, se sentant coupable.

— C'est ici que tu vis ?

Elle chercha vainement une réponse sarcastique et se contenta de hocher la tête.

— C'est pratique, dit-elle au bout d'un moment, pour rompre le silence gênant.

Elle avait l'impression horriblement embarrassante de se trouver devant un prédateur certain d'avoir l'avantage sur une proie facile.

Il haussa simplement les sourcils. Quand Gwen croisa son regard, une sensation d'étouffement lui comprima la poitrine.

Elle voulut détourner les yeux, mais le moment s'éternisa, comme si une décharge hormonale la paralysait. Elle réussit enfin à réagir et fixa un point, derrière l'épaule gauche de Rio. Elle devait garder la tête froide. Au moins pour Ellie. Les erreurs du passé lui avaient servi de leçon. Il ne fallait pas les renouveler.

Hélas !

Ignorant la petite voix honteuse qui trahissait des rêves inavouables, elle esquissa un sourire poli.

— Entre.

Elle s'effaça pour le laisser passer et il pénétra directement dans le salon.

Sa présence physique la dominait. Dans ce petit espace, elle se sentit minuscule en face de lui.

Rio eut l'impression d'entrer dans une maison de poupée. L'endroit était charmant si on aimait les poutres apparentes et les fenêtres à petits carreaux. Ce n'était pas du tout son style. Il préférait la lumière et les grands volumes. Il s'assombrit en apercevant un coffre rempli de jouets, dans un coin. Il n'avait pas encore surmonté la découverte de sa paternité. La colère et l'étonnement dominaient les émotions complexes qui se bousculaient en lui.

Il se retrouvait dans une situation qu'il n'avait pas voulue, mais dont il était évidemment responsable, sinon coupable. Il ne supportait pas d'avoir été tenu à l'écart.

En même temps, l'ironie et l'hypocrisie de sa position le mettaient mal à l'aise. Comment aurait-il pu reprocher à Gwen ce qu'il avait lui-même fait à son frère ? Son jumeau ignorait qu'il avait engendré un fils… La culpabilité qui rongeait Rio ne s'était jamais estompée, même s'il ne doutait pas d'avoir pris la bonne décision en lui dissimulant ce qu'il avait appris.

Les récents événements entamaient toutefois ses certitudes. Gwen était-elle certaine d'avoir raison ?

Sa fille ne souffrirait-elle pas de ne pas connaître son père ? Pouvait-il la blâmer d'avoir agi ainsi ? Quelles que soient ses motivations, il était déterminé à jouer son rôle dans la vie de cette enfant en étant le meilleur père possible. Il faudrait juste convaincre Gwen. Heureusement, elle était fair-play et possédait un grand sens moral.

En tout cas, il n'avait pas l'intention d'essuyer un refus.

Il jeta à nouveau un regard circulaire et Gwen redressa les épaules dans une attitude défensive. Craignait-elle que son intérieur lui paraisse trop modeste et ordinaire ? Quand il se retourna brusquement, elle sursauta et recula d'un pas en se mordant la lèvre. Puis, elle se gratta la gorge nerveusement, sans même s'en rendre compte.

Rio fronça les sourcils. Le pouls de Gwen battait très vite, à la base de son cou. Avait-elle peur de lui ? Il n'était tout de même pas un monstre !

— Tu ne te sens pas bien ?

— Je te sers quelque chose à boire ? demanda-t-elle sans répondre.

— C'est toi qui as besoin d'un verre, remarqua-t-il.

Cela l'aiderait peut-être à se détendre.

— Non, tout va bien, merci.

— Elle… s'appelle *Ellie* ?

Il articula le nom lentement, comme s'il essayait de s'habituer à la sonorité.

— Elle va mieux ?

Gwen hocha la tête.

— Je peux la voir ?

Il serra les mâchoires. Sa question paraissait tellement déplacée ! Il demandait la permission de voir sa propre enfant…

L'expression paniquée de Gwen accentua le malaise.

— Je ne vais pas l'enlever, ajouta-t-il avec une ironie mêlée d'impatience.

Aussitôt, elle s'empourpra.

— Cela ne m'est pas venu à l'esprit, protesta-t-elle, sur la défensive.

— Mais maintenant, tu vas y penser, railla-t-il.

Il lisait en elle comme dans un livre ouvert.

— Elle dort.

Pour Rio, c'était presque un soulagement. Comment s'adresser à un petit être qui était encore un bébé ? Que dire à cette enfant qui était la sienne mais qu'il rencontrait pour la première fois ? Malgré tout, le besoin de la voir fut plus fort que ses incertitudes.

Il repensa à Roman, son jumeau, qui avait un fils qu'il ne connaîtrait jamais, et la culpabilité qui l'habitait lui serra le cœur.

— Je ne la réveillerai pas.

L'espace d'une seconde, il crut que Gwen allait refuser et son sang ne fit qu'un tour. Serait-il obligé de la supplier ?

Gwen se secoua, honteuse d'avoir hésité.

— D'accord. Par ici.

Elle ouvrit la porte. La proximité physique de Rio la troublait intensément. Jusqu'où cela irait-il ? Fallait-il se fixer des limites à l'avance ?

De toute manière, son attention était tout entière concentrée sur le berceau, au pied du lit en cuivre à l'ancienne mode, dans la pièce aux murs jaune vif. Gwen resta en arrière en serrant les poings. Elle avait peur de voir l'expression de Rio, qui manifestait pourtant un curieux mélange d'étonnement et de nostalgie.

Elle se détourna. Peu importaient les réactions de Rio. Elle vivait seule avec Ellie. Il n'était pas question d'accepter un intrus dans leur relation. Elle ne serait pas déloyale, mais se montrerait ferme, égoïste si besoin, pour protéger Ellie.

— Je t'attends à côté, murmura-t-elle.

Il ne la rejoignit pas avant cinq bonnes minutes. Debout devant la fenêtre, elle ne l'entendit pas approcher, mais un fourmillement, sur sa nuque, l'avertit de sa présence.

Il sembla hésiter et se passa une main dans les cheveux.

— Elle va bien ? Qu'a dit le docteur ?

— Je ne l'ai pas consulté. Il n'y a pas de rendez-vous disponible avant plusieurs jours, ajouta-t-elle devant son air fâché.

Il jura en espagnol.

— Tu peux traduire ? lança-t-elle sur un ton acerbe.

— C'est scandaleux ! Donne-moi son numéro, ordonna-t-il en sortant son portable.

— Ne t'en mêle pas, gémit-elle en se maîtrisant à grand-peine.

Elle ne se laisserait pas intimider. Il n'avait pas à intervenir, ni à critiquer sa façon de gérer la situation.

— Tu es peut-être parent depuis plus longtemps que moi…

Elle s'interrompit quand il blêmit.

— Mais je me débrouille très bien depuis deux ans, reprit-elle avec calme et dignité.

Ce n'était pas le moment de lui confier ses doutes et ses craintes. Cela se retournerait contre elle…

Un silence lourd tomba. Finalement, Rio capitula et rempocha son téléphone.

— Ce n'est pas uniquement ma faute, observa-t-il avec amertume.

Il ne fallait pas que cela dégénère. Sagement, Gwen se contrôla. Sinon, elle risquait de tenir des propos qu'elle regretterait par la suite.

— Je n'ai pas dit cela. Mais ce n'est pas la première fois qu'Ellie est malade. C'est généralement passager et sans gravité.

Sa voix tremblait et montait dans les aigus. Elle se tut et inspira longuement pour se contrôler. Rio ne saurait pas combien la présence d'un homme à ses côtés lui manquait parfois. Pour se confier, partager ses responsabilités…

— Sa température a déjà baissé, reprit-elle. Elle a eu

un rhume la semaine dernière et semble avoir un peu mal aux oreilles. Les médecins sont de plus en plus réticents à prescrire des antibiotiques. On m'aurait probablement donné des conseils que j'applique déjà.

— Mais sa santé est bonne ?

— Oui, elle n'a pas de problèmes particuliers, le rassura-t-elle.

Il resta silencieux et pensif durant quelques minutes.

— As-tu d'autres questions ? demanda-t-elle.

Fallait-il en finir avec cet échange poli et aller droit au but, en lui expliquant qu'elle n'exigerait rien de lui financièrement ?

— Tu as dû être choqué, dit-elle en se remémorant ses propres réactions quand elle avait découvert qu'elle était enceinte.

Elle était allée dans sa famille, ce qui avait été une erreur monumentale.

Ses parents, qui n'avaient pourtant jamais cru à son plan en cinq ans, avaient insisté avec véhémence pour qu'elle n'abandonne pas sa carrière. Au club de golf, son père avait déjà annoncé sa brillante réussite. Comme si cela constituait un argument… Gwen l'avait écouté avec stupeur.

— Tu veux que j'avorte juste pour ne pas perdre la face ?

Son père avait poussé un grognement exaspéré.

— Pour une fois que nous sommes fiers de toi !

— Gwen, ta vie sera irrémédiablement gâchée, avait renchéri sa mère. Et que diront les gens ?

Pour ses parents, les apparences comptaient plus que tout. Mais là, franchement, ils dépassaient les bornes !

— Vous vous attachez trop aux apparences ! Il n'y a

aucune honte à avoir un bébé en étant célibataire, maman. Ce qui est honteux, c'est de vivre dans le mensonge.

Gênée, sa mère avait baissé les yeux.

— Je veux juste le meilleur pour toi, *cariad*.

— Je sais, maman, mais…

— Comment oses-tu parler à ta mère sur ce ton ?

Son père était intervenu en prenant sa femme par les épaules.

Cela faisait une éternité que Gwen n'avait pas été témoin d'un geste d'affection entre ses parents.

— Si tu le gardes, nous ne te verrons plus.

Gwen avait lancé un regard interrogateur à sa mère, qui avait détourné la tête tristement.

Elle avait compris à ce moment précis qu'elle était seule.

À une époque, sa mère aurait trouvé la force et le courage de s'opposer à son mari, mais elle s'était laissé étouffer trop longtemps…

Gwen chassa ces souvenirs désagréables et se força à sourire.

— Tu veux t'asseoir ? Oh non, pas là ! ajouta-t-elle quand il se dirigea vers un vieux fauteuil bancal.

Il se plaça derrière le canapé et posa les deux mains sur le dossier. Il la trouvait sans doute bien mal installée… Ce cottage faisait évidemment piètre figure comparé à sa villa de Cape Cod, en face de Martha's Vineyard.

Quand il l'avait invitée là-bas, elle avait cru qu'il vivait à l'hôtel. La demeure gigantesque était construite dans la verdure, au milieu d'un vaste domaine en bordure d'océan. Ils étaient venus avec son propre avion, un appareil qu'il pilotait lui-même. Elle avait alors compris qu'ils évoluaient dans des univers totalement différents.

Gwen lissa distraitement un coussin, sur une chaise. Elle n'avait pas honte de l'endroit où elle vivait avec

Ellie. Elle était même fière de se débrouiller seule, sans aucune aide.

Pendant des années, elle avait subi les reproches que son père leur adressait, à sa mère et à elle. Chaque fois qu'il s'écartait du droit chemin, c'est-à-dire très souvent, il rejetait la faute sur elles, les accusant de ne pas être assez compréhensives ou généreuses.

À la naissance d'Ellie, Gwen s'était promis de donner l'exemple et d'être une mère modèle. Sa fille n'aurait jamais à rougir d'elle comme elle avait rougi de sa mère, incapable de briser le cycle de harcèlement moral où son père l'avait enfermée.

Ellie ne se sentirait jamais dévalorisée.

5.

Rio observait Gwen avec perplexité. Elle avait ramassé un coussin qu'elle pressait contre elle comme si elle avait besoin de se protéger de lui.

Il admirait le goût avec lequel elle avait décoré ce modeste logis. En revanche, l'école manquait d'égards pour ses professeurs, qui méritaient mieux.

Son enfant aussi, surtout avec un père aussi fortuné que lui. Si le hasard ne les avait pas mis en présence l'un de l'autre, il aurait pu ne jamais la rencontrer.

— Pourquoi ne m'as-tu rien dit, Gwen ?

Décontenancée par sa question directe, elle cilla.

— J'ai assumé la responsabilité de cette grossesse. Mon corps m'appartient, dit-elle d'un ton un peu solennel. Qu'aurais-tu fait, de toute manière, à part exiger un test ADN parfaitement inutile ? M'aurais-tu épousée ?

— On se marie pour moins que cela, répliqua-t-il, circonspect.

— Par amour, tu veux dire ?

— Le sexe compte-t-il davantage qu'un enfant ?

— Ellie m'importe plus que tout au monde, déclara-t-elle farouchement.

— Jusqu'à ce que tu rencontres quelqu'un ?

Rio se raidit en imaginant dans le lit de Gwen un inconnu qui jouerait le rôle de père auprès de sa fille.

Comme s'il n'avait pas suffisamment de mal à combattre la puissante attirance sexuelle qu'il ressentait…

Elle eut un rire méprisant.

— Je n'ai pas besoin d'un homme dans ma vie ! Ellie et mon travail me suffisent. Je ne manque de rien. J'ai tout ce qu'il me faut.

Mais avait-elle assez d'argent ? se demanda-t-il.

— J'ai évidemment songé à te contacter, reprit-elle. Mais après la façon dont nous nous sommes quittés, la perspective ne m'enthousiasmait pas du tout. Et franchement, j'ai été tellement malade, pendant plusieurs mois, que j'avais d'autres soucis en tête.

Même s'il n'était pas en cause, cette information le fit se sentir encore plus coupable. Heureusement, Gwen avait des parents vers qui se tourner. Toutes les familles n'étaient pas à problèmes comme la sienne.

— Tu es retournée chez toi ?

Tout en parlant, il contemplait la silhouette de Gwen, qu'il avait du mal à imaginer enceinte.

— Pas longtemps, répondit-elle en baissant les yeux. J'avais quelques économies.

— Tu as démissionné tout de suite ? L'entreprise t'aurait certainement accordé des prestations généreuses.

— J'étais encore en période d'essai et on n'aurait pas accordé un contrat permanent aux États-Unis à une femme enceinte.

— Le moment était mal choisi…

— Dans une carrière, il n'y a pas vraiment de bon moment pour avoir un bébé, observa-t-elle avec un petit rire d'amertume.

Il aurait préféré être la cible de son ressentiment et de sa colère. Curieusement, elle ne lui tenait pas rancune des événements qui avaient bouleversé son existence.

— Ce n'était pas une grossesse planifiée.

— Étonnamment, les statistiques montrent qu'il y en a relativement peu.

— Heureusement, tu avais tes parents pour t'accueillir.

Gwen se contenta de hausser les épaules.

— J'ai quelques amis et je tiens à mon indépendance. Par chance, j'ai revendu avec des plus-values substantielles des obligations que ma marraine avait achetées avant de mourir. Je n'avais pas de problèmes d'argent.

C'était important de ne pas se poser en victime.

— Maintenant laissons de côté ma situation financière. Venons-en plutôt au motif de ta visite.

Il haussa un sourcil sardonique.

— À savoir ?

— Rassure-toi, je ne te réclamerai jamais rien. Même pas de t'impliquer en tant que père. Je n'ai aucune exigence.

Rio grinça des dents. Elle annonçait cela comme pour le soulager ! *Dios !* Il n'était certainement pas un saint, mais de là à passer pour un égoïste irresponsable, il y avait tout de même un gouffre !

— De quelles exigences parles-tu ?

Il présenta un masque d'indifférence polie. En même temps, traîtreusement, des images érotiques affleuraient à la surface de son esprit. Gwen nouait ses longues jambes autour de ses reins en poussant des gémissements de plaisir. Des plaintes rauques résonnaient à ses oreilles. Elle le suppliait. *Encore, Rio, s'il te plaît !*

Le ton nonchalant de Rio contrastait avec la lueur qui brillait dans ses yeux hypnotiques. Un instant désarçonnée, Gwen chercha ses mots tandis que des picotements couraient sur sa peau.

— Je... je rédigerai une déclaration sur l'honneur, bredouilla-t-elle. Tu as sans doute préparé un document avec un bataillon d'avocats ?

Elle s'interrompit brusquement. Il la fusillait du regard. Dans la pièce, l'air vibrait de sa colère contenue.

— Crois-tu que je suis venu pour cela ? Pour te présenter un accord de confidentialité et acheter ton silence ?

— Tu peux garder ton argent. Je ne veux rien de toi ! se récria-t-elle, révoltée.

En même temps, une petite voix intérieure lui reprochait de faire passer son orgueil avant l'intérêt d'Ellie. Mais elle s'emballait… Rio ne lui avait encore rien proposé.

Il soupira en glissant un regard vers la chambre.

— En tout cas, tu fais face. Tu es courageuse.

Il semblait lui concéder ce compliment à contrecœur. Malgré tout, venant de lui, c'était flatteur.

— Ce ne doit pourtant pas être facile tous les jours, ajouta-t-il.

— Je ne suis pas à plaindre. J'ai un métier que j'aime, une fille que j'adore. J'ai beaucoup de chance.

Rio, qui jusque-là s'était montré diplomate, commença à perdre patience et à s'énerver. Cette femme était d'une susceptibilité exaspérante !

— Venant de toi, ces propos ne m'étonnent pas ! Tu es trop têtue et indépendante pour accepter qu'on t'aide. Pourtant, il ne s'agit plus seulement de toi, maintenant. Il y a aussi Ellie, ma fille…

Elle le foudroya du regard, mais il passa outre. Il n'avait pas terminé.

— Cette enfant qui n'a même pas une chambre à elle passe ses journées avec des personnes… certainement très compétentes, mais qui n'en sont pas moins des étrangères.

— Pas pour moi ! rétorqua-t-elle. Et parfois, un professionnel est plus fiable qu'un proche.

— Merci pour moi, ironisa-t-il.

Elle tressaillit.

— Tu n'étais pas visé, soupira-t-elle en levant les mains en signe d'apaisement. Je n'ai pas eu les meilleures relations avec mon père.

Il se détendit sensiblement.

— Et maintenant ?

— Les ponts sont coupés.

Au grand soulagement de Gwen, il n'insista pas et se contenta d'une remarque fataliste.

— Ce sont des choses qui arrivent.

Elle reprit la balle au bond.

— Ne compliquons pas la situation. Tu as déjà un enfant et…

Un éclair brilla dans les yeux de Rio et elle marqua une pause.

— Ta vie privée ne me regarde pas, je le concède bien volontiers. Si tu as la gentillesse de prévoir quelque chose pour Ellie quand elle sera plus grande, par exemple pour ses études supérieures, je te remercie pour ton geste.

Il se redressa de toute sa hauteur, comme sous le coup d'une insulte.

— Tu me prends pour qui ? Un homme qui sème des enfants à droite à gauche et fuit lâchement ses responsabilités ?

Ce portrait correspondait assez à la réalité, songea-t-elle amèrement.

Rio ne se souciait guère de l'opinion d'autrui et éprouvait rarement le besoin de se justifier. D'aucuns le jugeaient arrogant et il s'en moquait éperdument.

Il fut donc extrêmement surpris de l'impulsion qui jaillit en lui et qu'il lui fallut refouler. Sur le point d'expliquer à Gwen toute la vérité au sujet de l'enfant de son frère, il se retint néanmoins. Il avait juré le secret à Marisa.

Il lui arrivait parfois de regretter cette promesse qui avait creusé la distance entre lui et son jumeau. Mais l'origine était ailleurs. Il n'avait jamais accepté la démission de son frère qui avait quitté de façon brutale et irréfléchie le conseil d'administration de l'empire Bardales.

Rio choisit ses mots avec soin.

— L'enfant auquel tu fais allusion n'a aucune place dans ma vie.

— La paternité ne convient pas à tout le monde, murmura-t-elle.

— Tu n'as pas de jugement à porter sur moi, déclara-t-il sèchement.

— Je ne te juge pas.

La colère la rendait encore plus belle. Un désir violent, totalement importun, menaça le self-control de Rio.

— Tu es certainement un modèle de tact et de politiquement correct, railla-t-il.

— Contrairement à toi ! rétorqua-t-elle du tac au tac.

Un sourire étira ses lèvres sensuelles.

— Au moins, nous ne nous sentons plus obligés de respecter la politesse. Cela devenait pénible.

— Je reste polie, moi.

— Je commence à croire que tu serais plus heureuse si je n'assumais pas mes responsabilités.

— Que veux-tu dire ? Explique-toi.

— Tu mets vraiment du temps à comprendre. Je veux participer à l'éducation d'Ellie. En tant que co-parent.

— *Co-parent* ? répéta-t-elle comme si le mot appartenait à une langue étrangère, incompréhensible.

— Pourquoi es-tu tellement choquée ? Cette enfant est aussi à moi.

— Ce serait difficile de prétendre le contraire. Mais… comme tu n'as aucun contact avec ton fils, je pensais…

— Eh bien, tu te trompes, la coupa-t-il. Écoute, je ne veux pas m'imposer de force. Je souhaite simplement connaître ma fille et établir des relations avec elle. Tu me dois bien cela.

Cette dernière phrase, en contradiction totale avec son attitude apaisante, déclencha la colère de Gwen.

— Je ne te dois absolument rien !

— Les premiers pas d'Ellie ? suggéra-t-il. Son premier sourire. Son premier mot... Tous ces moments dont tu m'as privé me manqueront toujours.

L'émotion renforçait son accent espagnol, d'ordinaire très léger.

— Je n'imaginais pas que tu te sentirais dépossédé.

— J'ai sincèrement envie de m'impliquer.

Rio marqua un temps d'arrêt. Quelle ironie ! Il se battait pour tenir un rôle qu'il déniait à son jumeau. Il se crispa, refoulant résolument les doutes et la culpabilité qui l'envahissaient chaque fois qu'il pensait aux cachotteries qu'il avait cautionnées.

Malgré tout, les deux situations différaient. Roman avait rompu avec la mère de son enfant bien avant qu'elle s'adresse à Rio pour réclamer son aide.

Mais il n'y a presque rien eu entre Gwen et toi, souffla la voix de sa conscience. *Juste une brève aventure, purement sexuelle.*

Il se souvenait pourtant précisément de chaque caresse, chaque soupir, chaque gémissement de plaisir... Au prix d'un immense effort de volonté, il s'arracha à l'évocation du passé pour analyser les motifs qui avaient pesé dans sa décision lorsque la mère de son neveu avait pris contact avec lui.

À l'époque, Roman faisait la une des journaux et des magazines. Auteur de best-sellers, il était aussi beau et audacieux que les héros de ses romans. Sur les photos, il apparaissait toujours avec la même femme, dont il avait l'air éperdument amoureux. Manifestement, Roman avait oublié Marisa et entamé un nouveau chapitre de son existence. Il nageait dans le bonheur.

Rio avait-il jamais tourné la page, après Gwen ?

Un pli se creusa entre ses sourcils d'un noir d'ébène. Il ne fallait pas se poser la question ainsi. Il vivait comme il avait toujours vécu, sans s'engager, au jour le jour.

L'image de l'ex-maîtresse de Roman flotta un instant devant ses yeux. En dépit de son premier mouvement qui le portait à se ranger du côté de son frère, l'histoire de Marisa l'avait touché. Sincèrement ému par sa détresse, il avait mesuré l'écart qui le séparait désormais de son jumeau. Eux qui avaient été si proches ne partageaient plus grand-chose.

Il n'avait pas hésité longtemps avant d'accéder à la requête de Marisa en lui promettant le secret. Maintenant qu'il avait lui-même un enfant, il n'était plus aussi sûr d'avoir bien agi, mais il était trop tard pour avoir mauvaise conscience. En tout cas, l'enfant de Marisa avait eu la greffe de moelle osseuse qui lui avait sauvé la vie. Cela seul comptait.

— Tous les enfants doivent-ils absolument avoir un père ?

La question de Gwen le prit de court.

— Tu n'en es pas persuadée ?

— Cela dépend. Si je juge que tu exerces une influence néfaste sur Ellie, je cesserai toute relation. Tu auras beau lancer une armée d'avocats à mes trousses, rien ne me fera changer d'avis.

Elle réagissait avec une férocité de tigresse.

— Je comprends, murmura-t-il.

Surprise, Gwen croisa les bras avec une expression suspicieuse.

— Comment envisages-tu les choses ?

Malgré un calme apparent, son cœur battait la chamade.

Rio regrettait-il d'avoir délaissé son fils ? S'il voulait rattraper le temps perdu et se consoler avec Ellie, Gwen n'avait aucune raison de lui refuser cette paternité. Mais était-ce une motivation valable ?

— Il te reste une semaine de travail avant les vacances d'été, n'est-ce pas ?

Elle hocha prudemment la tête.

— Tu as des projets ? poursuivit-il.

Sa désinvolture apparente ne la trompa pas.

— Nous irons à la plage. J'achèterai peut-être une tente pour initier Ellie aux joies du camping, répondit-elle évasivement.

— J'ai une autre idée. Viens en Espagne avec moi. J'ai une propriété en bord de mer. Tu pourras te reposer et cela me donnera l'occasion de faire connaissance avec ma… *notre* fille. Cela te permettra aussi de t'habituer à ma présence dans ta vie.

— Tu ne feras jamais partie de mon existence ! protesta-t-elle véhémentement.

Il leva un sourcil circonspect.

— N'est-ce pas inévitable, avec un enfant ? Ne m'oblige pas à me disputer avec toi, Gwen.

Son calme l'intimidait davantage que des cris. Elle releva le menton d'un air de défi.

— Tu me menaces ?

Il secoua la tête impatiemment.

— N'exagère pas ! Je souhaite simplement jouer mon rôle de père.

Acculée, elle se raccrocha à n'importe quel prétexte.

— L'été espagnol est un peu trop chaud pour Ellie, et elle a beaucoup d'intolérances alimentaires.

Ce qui était totalement faux. Elle mangeait de tout avec un solide appétit…

— La villa est climatisée. En plus, elle semble avoir hérité de ma peau mate, objecta-t-il.

Elle considéra son teint bronzé et haussa les épaules quand une poussée d'hormones la troubla traîtreusement.

— Il est trop tôt pour savoir, marmonna-t-elle.

— Elle mangera une nourriture saine, à base de légumes et de fruits.

Il n'attendit pas la réponse de Gwen.

— Je viendrai vous chercher à la fin du trimestre. Je te communiquerai les détails très bientôt.

6.

Rio voyageait léger et n'avait pas l'habitude de perdre du temps et de l'énergie à faire ses bagages. Comme la plupart des choses dans la vie, c'était une question d'organisation.

Ce matin-là n'avait pas dérogé à la règle. En revenant de son jogging, il avait pris une douche rapide. Cinq minutes plus tard, il s'était installé au volant de sa voiture après avoir jeté son sac de voyage dans le coffre.

A présent, il rongeait son frein et prenait son mal en patience.

— Ne t'inquiète pas, nous allons retrouver Ant, dit Gwen à Ellie.

Rio s'efforça de garder son calme quand elles retournèrent dans le cottage et observa avec un curieux pincement au cœur la chevelure brune et bouclée de la fillette. Il n'allait pas s'énerver. Il était arrivé avec dix minutes d'avance et Gwen avait mis un point d'honneur à le lui faire remarquer car elles n'étaient pas prêtes.

Elle voulait sans doute aussi lui signifier que l'éducation d'un enfant n'était pas une simple partie de plaisir, ce dont il était d'ailleurs persuadé. Il réfléchissait beaucoup à la question depuis qu'il avait découvert sa paternité. Maintenant qu'il avait conscience de la réalité des liens du sang, il se reprochait tous les jours davantage son comportement envers son frère.

La culpabilité le rongeait sans lui laisser de répit. Pour oublier, il se lançait à corps perdu dans l'exercice physique et fréquentait assidûment la salle de sport, d'où il ressortait transpirant d'abondance et littéralement épuisé.

Et s'il était un mauvais père ?

Son propre père les avait négligés, son frère et lui, ne leur consacrant que peu de temps. Sa femme l'occupait tout entier. Malheureusement, il l'aimait d'un amour toxique et jaloux, étouffant. Tout le monde avait été soulagé quand elle avait enfin trouvé le courage de le quitter.

Il ne serait jamais comme lui. De cela, au moins, il était sûr. Depuis qu'il avait découvert l'existence d'Ellie, il s'était plongé dans des ouvrages d'éminents spécialistes sur l'éducation des enfants. Comme ces experts se contredisaient beaucoup, il était ressorti frustré de ses lectures.

Rien ne valait l'expérience pratique qui s'offrait à lui. Toutefois, sa crainte de l'échec contrebalançait un peu son enthousiasme.

Ses appréhensions ne reposaient d'ailleurs sur aucune raison objective. Il avait l'habitude de quitter sa zone de confort pour se lancer des défis. Il croyait en lui-même et ses capacités. Même s'il lui arrivait d'échouer, il n'y songeait jamais à l'avance et tirait les leçons de l'expérience. Il ne renouvelait jamais une erreur.

Malgré tout, les affaires et les enfants constituaient deux domaines bien différents. Certes, un investissement hasardeux pouvait vous faire perdre des millions, et même vous ruiner. Mais on se remettait d'une faillite. Dans les relations humaines, une maladresse pouvait causer un traumatisme douloureux.

— Tout va bien !

Enfin ! Rio se détendit quand Gwen apparut sur le

seuil. Elle était vêtue d'un jean clair qui moulait ses hanches et ses longues jambes et d'un T-shirt blanc avec un motif abstrait. Ses cheveux étaient retenus en arrière par un foulard en soie du même bleu cobalt que ses yeux.

— Oh ! désolée, j'ai oublié de vérifier le frigo !

Rio grinça des dents quand elle disparut de nouveau à l'intérieur. Puis il s'appuya avec une nonchalance feinte contre la carrosserie étincelante de sa voiture de sport. Il avait attaché le siège d'enfant sur la banquette arrière et soigneusement vérifié le système d'accrochage. Tout était en ordre. Il regarda l'heure à son bracelet-montre en commençant à se demander si Gwen ne souffrait pas de troubles obsessionnels compulsifs. Pourquoi lui fallait-il autant de temps pour boucler une valise et fermer son cottage ?

— Cette fois-ci, nous sommes prêtes !

Gwen repassa mentalement en revue sa check-list en traînant Ellie derrière elle.

— À la plage ? lança la petite fille qui tenait un seau et une pelle à la main.

Ce n'était pas le moment de s'exposer à un caprice. Gwen ne répondit pas directement et s'efforça de distraire son attention.

— Oh ! regarde la jolie voiture !

La décapotable, qui devait coûter une fortune, ne convenait pas vraiment à une sortie en famille, mais Rio, qui n'avait aucun sens de la normalité, vivait dans un monde à part. Manifestement, il s'impatientait, ce que Gwen remarqua avec un malin plaisir.

— Je veux un tracteur, dit Ellie, nullement impressionnée.

Gwen fit la sourde oreille.

— Monte, ma chérie, murmura-t-elle en reconnaissant avec émotion le parfum de Rio.

Elle soupira. Le voyage promettait d'être long et éprouvant…

— Laisse-moi faire, offrit Rio en se penchant.

Elle l'écarta avec le coude.

— Non, j'ai l'habitude, protesta-t-elle, sur la défensive.

Gwen et Rio s'installèrent ensuite à l'avant et bouclèrent leurs ceintures.

— Elle n'est pas malade en voiture, dit Gwen quand il démarra.

— Tant mieux.

En voyant les nombreux véhicules garés dans la cour et le long de l'allée, elle se figea. Il y avait beaucoup de parents d'élèves qui discutaient en attendant leur progéniture.

Elle se tassa sur son siège et baissa la tête pour se dissimuler.

— Accélère ! commanda-t-elle.

Il lui lança un coup d'œil sardonique.

— Que t'arrive-t-il ?

— Si j'avais réfléchi, nous serions sortis par-derrière.

— Tu as honte d'être vue avec moi ?

— Tu n'imagines pas à quelle vitesse les ragots circulent dans cet endroit.

Elle se cacha le visage dans les mains.

— Oh ! je suis vraiment stupide !

Son comportement amusa Rio, qui ne s'était jamais trouvé dans une telle situation. Généralement, les femmes faisaient des pieds et des mains pour s'exhiber en sa compagnie. Certaines étaient prêtes à tout pour prendre un selfie avec lui et le poster sur les réseaux sociaux. Avec Gwen Meredith, il garderait la tête froide et ne risquait pas de se croire irrésistible !

— Tu n'as dit à personne où tu partais en vacances ? Ni avec qui ?

— Non.

— Tôt ou tard, l'identité du père de ton enfant sera révélée au grand jour, tu ne crois pas ?

— Je préfère garder mes distances avec mes collègues, pour conserver de bonnes relations de travail.

— Tu n'es pas obligée de travailler.

— Si. Je ne suis pas riche.

— Mais je le suis.

Que sous-entendait-il ? Qu'il pouvait l'entretenir ? Elle redressa la tête.

— Je serai un modèle pour ma fille. Je veux qu'elle soit fière de moi.

— Ton rôle de mère ne suffit pas ?

— Si… Non… C'est-à-dire, je tiens à préserver mon indépendance. C'est une question d'amour-propre.

Elle jeta un coup d'œil en arrière. Très occupée, Ellie entretenait une conversation animée entre son ours en peluche et un petit cheval.

— Elle a beaucoup d'imagination, observa Rio au bout d'un moment.

— Comme la plupart des enfants de deux ans.

La petite fille s'exprimait dans un langage à elle, auquel il ne comprenait pas grand-chose.

— Ils ont beaucoup de vocabulaire, à cet âge ? demanda-t-il d'un ton désinvolte, avec le plus de tact possible.

— Elle est précoce.

— Ah… Je n'ai aucun point de comparaison… Nous arrivons, annonça-t-il.

Ils franchirent des grilles que le gardien referma aussitôt derrière eux.

— C'est un aérodrome privé, remarqua Gwen.

— Oui, il y a trop de trafic dans les autres aéroports, expliqua-t-il en roulant sur le tarmac.

Elle n'avait jamais voyagé avec de tels privilèges.

Rio coupa le contact et sauta à terre pour discuter avec un homme qui descendit du jet le plus proche. Quelques minutes plus tard, il fit le tour de la voiture et ouvrit la portière du passager.

— J'ai quelques derniers détails à régler. Ramon va s'occuper de vous et vous installer à bord. Je vous rejoins dans un instant.

Il s'avéra que le pilote était un de ses amis et il voyagea avec lui dans le cockpit, non sans s'être assuré auparavant du confort de Gwen et Ellie.

— Tout va très bien, déclara Gwen, soulagée de ce répit inattendu après un trajet qui avait mis ses nerfs à rude épreuve.

Le vol se déroula sans incident. Grâce aux bons soins et à l'obligeance de l'hôtesse, Gwen n'eut même pas à s'occuper d'Ellie.

Les yeux de la fillette papillonnaient quand le jet se prépara à l'atterrissage et elle dormait lorsqu'il se posa sur la piste. Loin d'être aussi détendue, Gwen avait passé tout le voyage à s'inquiéter et s'interroger sur ce que ce séjour leur réservait.

Avait-elle pris la bonne décision en acceptant la proposition de Rio ? Mais avait-elle vraiment le choix ?

Désirait-il sincèrement faire partie de la vie d'Ellie ? Elle plissa le front. Trop de questions demeuraient sans réponse. Une seule chose était sûre. Même si ses rêves romantiques s'étaient fracassés contre la réalité, elle était loin d'être immunisée contre le charme viril de Rio.

— Je vais t'aider…

Elle sursauta au son de sa voix grave. Instinctivement,

elle se pencha et lui bloqua l'accès à Ellie. Son contact, même furtif, lui donna la chair de poule et elle s'empourpra.

Comment survivrait-elle au cours des prochaines semaines si une décharge d'adrénaline la suffoquait dès qu'il l'effleurait ?

— Non, laisse, dit-elle, sottement sur la défensive.

Sa proximité la mettait mal à l'aise. Pourquoi ne s'écartait-il pas ? Mais existait-il vraiment une distance de sécurité pour préserver son système nerveux ? Face à lui, elle était sans défense. Une chaleur insidieuse s'insinuait dans son corps, anéantissant toute velléité de résistance. Pour tenter de se protéger, il fallait juste faire semblant de rien. C'était la seule tactique à adopter, en espérant que ses hormones se remettraient vite en veilleuse.

Rio se rendait forcément compte de l'effet qu'il produisait sur elle. C'était le pire, ce dont elle avait le plus honte. Mais il avait tellement l'habitude de plaire aux femmes qu'il n'y faisait peut-être plus vraiment attention.

Elle glissa un regard dans sa direction. Non, même si elle avait la désagréable impression qu'il lisait en elle comme dans un livre, il n'avait probablement rien remarqué.

Elle batailla maladroitement pour détacher l'enfant endormie. Ses doigts tremblaient et l'opération s'avéra plus délicate que prévu.

— Tu aurais dû me laisser faire, remarqua Rio.

— Il ne faut pas la réveiller. Elle devient très grognon quand elle est fatiguée.

L'humeur conciliante de Rio commençait à s'émousser. Il ne comptait plus les rebuffades de Gwen, qui l'écartait systématiquement chaque fois qu'il s'approchait d'Ellie. Elle se comportait comme un chien de garde.

— Tu ne me fais vraiment pas confiance, lui reprocha-t-il. De quoi as-tu peur ? Je ne suis pas une brute.

Elle l'avait déjà suffisamment blessé en lui cachant l'existence de son enfant, qu'il aurait pu ignorer jusqu'à la fin de ses jours. Au prix d'un immense effort de volonté, il maîtrisa la colère qui montait et cessa d'imaginer vainement les scénarios à jamais irréalisables, dont Gwen l'avait privé ces deux dernières années. Il poussa un long soupir.

S'il continuait à alimenter ses rancœurs, il n'en aurait jamais fini, et ce n'était certainement pas le meilleur moyen de conquérir sa place auprès de sa fille. Il valait mieux essayer de pacifier ses relations avec Gwen, ce qui n'était pas facile.

— Cela n'a rien à voir avec la confiance, répondit-elle. Pourquoi prends-tu les choses tellement à cœur ? Ce n'est pas contre toi.

Il haussa les sourcils.

— Évidemment, je prends les choses à cœur ! Je ne vois pas comment je pourrais réagir autrement quand il s'agit de mon enfant.

Gwen devint cramoisie. Elle se sentait horriblement coupable.

— Tu vas me punir encore longtemps ? Les enfants sont très sensibles aux tensions et…

— Tu préférerais jouer la comédie, comme si tout était idyllique ? la coupa Rio avec une ironie mordante.

— Bien sûr que non ! se récria-t-elle aussitôt.

Ses parents avaient vécu toute leur vie ainsi, dans le mensonge. Sa mère faisait semblant de croire aux serments de son mari infidèle chaque fois qu'il promettait de ne plus la tromper. Et son père proclamait sans sourciller qu'il ne regarderait plus les autres femmes.

La seule chose qui semblait souder le mariage de ses

parents était une détermination farouche à sauver les apparences, avoir l'air heureux envers et contre tout, et présenter l'image du couple parfait devant les amis et les voisins.

Sous le regard insistant de Rio, Gwen inspira profondément.

— Je serai honnête avec ma fille.

— Que comptais-tu lui dire le jour où elle aurait posé des questions sur son père ?

Elle le foudroya du regard avec une expression de défi.

— Tu n'y avais peut-être pas encore pensé ?

Sa combativité abandonna brusquement Gwen, la laissant faible et vulnérable, incapable de répondre autre chose que la vérité.

— Parfois, je ne me projette pas plus loin que la fin de la journée.

— Ce n'est pas une réponse satisfaisante.

Elle soupira.

— Pour être tout à fait franche... Oui, j'y avais réfléchi.

Sa gorge se serra et elle poursuivit d'une voix tremblante.

— Je lui aurais simplement dit... que son père l'aimait.

Elle pinça les lèvres et lui lança un regard interrogateur.

Devant la pâleur de Gwen et sa mine exténuée, Rio éprouva une émotion étrange, qu'il dissimula sous un ton bourru.

— Tu n'auras plus besoin de lui dire quoi que ce soit, maintenant. Je serai là. Ma présence suffira.

L'électricité qui flottait dans l'air disparut comme par enchantement. Rio posa une main au creux de son dos, et Gwen se demanda si elle devait interpréter ses paroles comme une promesse ou une menace...

— Nous en reparlerons, dit-il. Tu as l'air épuisée. Garde simplement en mémoire que le but du jeu est de me permettre de faire connaissance avec ma fille. Tu étais d'accord. Mais cela risque d'être difficile si tu te mets en « mode tigresse » dès que je veux l'approcher.

Ma fille... La possessivité qui perçait dans sa voix dissipa les relents de culpabilité qui la tenaillaient.

— J'ai accepté ce voyage contrainte et forcée, rectifia-t-elle.

En pensant uniquement à Ellie.

Elle rougit. Il s'agissait aussi d'elle, bien sûr, et de la place que Rio occuperait désormais dans sa vie.

— Je ne vais évidemment pas te mettre des bâtons dans les roues, ajouta-t-elle, gênée. C'est juste que je n'ai pas l'habitude...

Elle se redressa avec un grognement avec la fillette dans les bras. Ellie devenait de plus en plus lourde. Elle suçait son pouce et Gwen plaça doucement sa tête au creux de son épaule avant de suivre Rio sur la passerelle.

Un jour viendrait où elle ne pourrait plus porter Ellie, songea-t-elle en se remémorant les conseils des uns et des autres. Elle souriait poliment quand on lui disait de bien profiter des premières années qui passaient toujours trop vite. Mais les gens avaient raison. Elle ne voyait pas le temps passer. Heureusement, elle conservait de précieux souvenirs.

Rio, lui, n'en possédait aucun. De nouveau, les remords lui nouèrent l'estomac. La colère était plus facile à gérer que la culpabilité...

Parfois, aussi, elle avait hâte qu'Ellie grandisse et l'accapare moins au quotidien. Gwen aurait plus de temps à elle. En toute logique, elle aurait dû se réjouir que Rio veuille participer. Était-elle jalouse, inconsciemment, pour le tenir ainsi à l'écart ?

Rio observait avec attention les émotions qui se succédaient sur la physionomie expressive de la jeune femme. Un trouble inattendu s'empara de lui. Il y avait un tel contraste entre son menton volontaire, résolu, et les ombres mauves qui cernaient ses grands yeux bleus… Personne ne l'avait jamais bouleversé à ce point.

Elle avait vraiment un beau visage, avec une peau douce et lisse qu'il avait terriblement envie de caresser. Sa libido se réveillait malgré un self-control à toute épreuve. Contrairement à son frère, il n'avait généralement aucun mal à se maîtriser et gardait un calme à toute épreuve dans n'importe quelle circonstance. Mais Gwen lui inspirait un désir violent, qu'il aurait beaucoup de mal à réprimer durant ce séjour. Il apprendrait peut-être à vivre avec la frustration…

— Je me suis sans doute habituée à ne compter que sur moi-même, reprit Gwen en guise de conclusion.

Il tressaillit malgré lui.

7.

L'atmosphère s'alourdit instantanément quand leurs regards se croisèrent et se rivèrent l'un à l'autre. L'air vibra d'une tension nouvelle, différente. Même si elle l'avait voulu, Gwen n'aurait pas pu rompre le charme.

Elle ne le voulait pas.

La lueur qui brillait dans les yeux de Rio recelait-elle un message caché ? Elle retint sa respiration quand il se pencha vers elle, si près qu'elle distinguait les paillettes d'or dans le brun foncé de l'iris. Un bourdonnement emplit ses oreilles et ses jambes flageolèrent. Juste à ce moment-là, Ellie s'agita dans ses bras et émit un geignement.

Le charme était rompu.

Avait-elle rêvé ? se demanda Gwen, craignant d'être victime de son imagination enfiévrée. Un souffle de vent poussa une mèche de cheveux sur ses joues écarlates. Plaçant une main apaisante sur la tête de l'enfant, elle l'installa dans la voiture sur la banquette arrière avant de monter à l'avant. Des gouttes de transpiration perlaient à ses tempes. Malgré la climatisation, ses vêtements lui collaient à la peau.

Il n'y a rien de magique entre Rio et toi, songea Gwen avec une franchise brutale. *C'est purement sexuel.* Les happy ends n'arrivaient que dans les contes de fées. Elle eut honte des frissons sur sa peau, et de l'excitation qui creusa son ventre quand Rio lui parla.

— En tout cas, tu peux être fière de toi. Tu es une super maman.

Une petite ride se creusa sur le front de Gwen.

— Que veux-tu dire ? Je n'ai rien d'extraordinaire.

Un soupçon l'assaillit. Rio avait-il mené son enquête ? Qui sait s'il n'avait pas payé un détective pour constituer un dossier ?

— Tu as pris tes renseignements ? lança-t-elle sur un ton accusateur.

Les mains cramponnées au volant, il leva les yeux au ciel.

— Ne sois pas paranoïaque !

— Je ne…

Elle se calma.

— Bon, je reconnais que je suis méfiante. Mais as-tu raconté partout que tu étais le père d'Ellie ?

— Serait-ce terrible si je l'avais fait ?

Gwen pinça les lèvres. Le lieu et le moment étaient mal choisis pour livrer bataille. Elle contempla le paysage par la vitre. Ils avaient quitté l'autoroute et roulaient dans la campagne.

Rio jeta un regard dans sa direction.

— Détends-toi. Je n'ai pas commis d'indiscrétion. Ton nom a juste été mentionné dans la conversation.

— Avec qui, exactement ?

— Un invité d'honneur se doit d'écouter poliment son hôte. Le proviseur n'a pas tari d'éloges sur toi. Mais ne va pas imaginer Dieu sait quel complot, je n'ai posé aucune question. À l'entendre, tu es une femme parfaite, dotée de toutes les qualités.

Il observa furtivement la courbe de son épaule, puis le contour de sa bouche bien dessinée.

— Je n'apprécie pas les sarcasmes, maugréa-t-elle.

Il lui adressa un sourire désarmant.

— Ne t'inquiète pas, je sais me montrer excessivement subtil. J'ai oublié ton nom deux fois pour détourner les soupçons de tes collègues. Ils s'accordent tous pour encenser tes talents de pédagogue et tes qualités de mère admirable.

Elle haussa les épaules.

— Cela ne te fait pas plaisir ?

— Tu ne t'es peut-être pas adressé aux bonnes personnes. Certains pensent que j'ai gâché ma vie à cause d'Ellie.

— Qui ?

— Mes parents… Mon père, en tout cas.

Elle secoua la tête. Sa mère ne l'avait pas défendue quand il la poussait à avorter.

Refoulant ces souvenirs déplaisants, elle redressa fièrement le menton, une lueur de défi dans les yeux. Sommée de choisir entre ses parents et sa grossesse, elle avait choqué son père en décidant de garder le bébé…

— Je ne vais pas te la prendre, Gwen. Je veux simplement partager.

L'affirmation tranquille de Rio la déconcerta, mais elle resta sur ses gardes. Il avait le don de lire en elle et deviner ses sentiments. Cela la déstabilisait.

— Je n'ai pas peur de toi, Rio.

Aurait-elle dû ?

— Mais tu ne me fais pas confiance.

C'était une constatation.

— J'ai à cœur autant que toi les intérêts d'Ellie, reprit-il. Nous sommes du même bord. Nous devrions faire équipe et œuvrer ensemble.

— Tu sembles tellement raisonnable.

Du coup, c'est moi qui ai l'air de poser problème,

songea-t-elle avec irritation. *Bientôt, je vais m'excuser, si cela continue.*

— Elle ne t'aimera pas moins parce qu'un nouveau venu arrive dans sa vie.

Il sentit le regard de Gwen peser sur lui, mais les virages réclamaient son attention. Bientôt ils passeraient le col et redescendraient de la montagne vers le bord de mer.

— Merci pour ces paroles de profonde sagesse, railla Gwen. Tu me prends pour une idiote, possessive et égoïste de surcroît ?

La voiture cahota et elle se rattrapa à la poignée au-dessus de la portière.

— Désolé, nous avons refait la route l'année dernière, mais il y a eu des tempêtes cet hiver.

— Est-ce encore loin ?

— Non, nous y sommes presque.

— La maison est dans une station balnéaire ?

— Non… C'est une villa de vacances, en bord de plage. L'accès difficile, très escarpé, nous a préservés du tourisme. Nous y passions tous les étés. Après le divorce, ma mère s'y est installée et l'a bien arrangée.

— Tes parents se sont remariés ?

— Mon père est mort il y a quelques années.

Son expression ne trahissait rien, mais quelque chose, dans sa voix, alerta Gwen.

— Oh ! je suis désolée.

— Nous n'étions pas proches.

— Et ta mère ?

— Elle rattrape le temps perdu.

— Comment cela ?

— Elle n'a pas été heureuse avec mon père, un odieux personnage, jaloux, manipulateur, qui voulait tout contrôler de sa vie.

— Oh !

— Nous arrivons.

Ils s'arrêtèrent dans une vaste cour qui s'illumina à leur approche.

— C'est magnifique.

— C'est encore plus beau en plein jour. Le parc paysager est superbe. L'honneur en revient à l'un de mes ancêtres qui l'a conçu et dessiné il y a deux cents ans. Ma mère a retrouvé le plan original et l'a entièrement restauré.

Rio conservait dans sa mémoire l'image de sa mère coiffée d'un chapeau de paille, la truelle à la main, en train de mener les jardiniers à la baguette. C'était l'un de ses plus anciens et heureux souvenirs.

Sur un côté de la demeure, une véranda entièrement vitrée reflétait la mer et la falaise qui s'élevait au fond de la baie.

— C'est splendide ! s'écria Gwen. Pas du tout ce à quoi je m'attendais.

Elle imaginait quelque chose de beaucoup plus modeste...

— Je te ferai visiter tout à l'heure.

Il mit pied à terre et fit le tour pour ouvrir sa portière. La chaleur était beaucoup moins oppressante qu'à l'aéroport. La brise sentait bon les embruns et le thym sauvage.

— J'espère que tu ne m'en voudras pas, mais pour les premiers jours, j'ai congédié les domestiques. Nous serons mieux seuls. Si tu n'es pas d'accord, je les rappellerai, bien sûr.

Elle secoua la tête et se détendit.

— Nous avons de quoi manger. Les provisions sont faites et il y a des repas tout prêts dans le congélateur. Estelle, la gouvernante, est aussi très bonne cuisinière. Elle s'est occupée de tous les préparatifs avant de partir.

— Quels préparatifs ?

— Il n'y a pas eu d'enfants dans la maison depuis…

Il s'interrompit, perdu dans ses souvenirs.

— Depuis mon enfance, reprit-il avec nostalgie.

Il pencha la tête vers le siège arrière, où Ellie dormait toujours.

— Je peux ?

Gwen hocha la tête.

— Oui, vas-y.

La gorge de Gwen se contracta quand elle vit avec quelle précaution il prenait Ellie dans ses bras, comme s'il craignait de la casser. Elle attrapa le sac où elle rangeait les affaires de bébé et emboîta le pas à Rio, sous une pergola de clématites et de chèvrefeuille.

Ils passèrent devant une piscine creusée dans le roc et entourée de massifs de fleurs.

Avec Ellie pelotonnée contre lui et accrochée à son cou, Rio composa un code sur un clavier et les immenses baies vitrées s'écartèrent sans bruit.

— Waouh !

— C'est un open space, dit-il en appuyant sur un interrupteur.

Des plantes vertes délimitaient un salon avec de grands canapés et des fauteuils. Une table en chêne massif, autour de laquelle on pouvait accueillir une vingtaine de convives, occupait un autre coin, et on apercevait un piano à queue tout au bout, devant une bibliothèque qui doublait entièrement un mur, du sol au plafond.

Gwen resta sans voix.

— La cuisine est par là, le bureau de l'autre côté et les chambres dans les ailes latérales.

Gwen l'entendit à peine, fascinée par une gigantesque maison de poupée, une poussette et plusieurs coffres remplis de jouets.

— On pourra les changer s'ils ne conviennent pas…

— Non, non, Ellie sera ravie.

— Voici la nursery.

Il la conduisit dans une pièce récemment aménagée, qui sentait encore un peu la peinture. Une petite barrière en bois, de couleur vive, remplaçait la porte. Une frise de lapins courait tout le long des murs. Le lit était peint pour ressembler à un château de conte de fées et il y avait aussi un berceau.

— Je ne savais pas ce qui était le mieux, expliqua Rio d'un ton d'excuse.

— Le lit sera parfait, dit Gwen en admirant le décor de rêve. Elle ne risquera pas d'escalader la barrière ! Merci beaucoup, tu as pensé à tout.

Rio parut confus et embarrassé, ce qui était chez lui tout à fait inhabituel. Les efforts qu'il avait déployés en si peu de temps pour s'adapter à une situation on ne peut plus inattendue la touchaient profondément.

Il n'avait peut-être pas tout préparé personnellement, mais il avait tout organisé. Il n'avait pas peint la nursery ou acheté lui-même chaque jouet, mais les idées venaient de lui. Il avait rendu cette maison la plus accueillante possible pour un enfant.

— Ta chambre communique avec celle d'Ellie et donne aussi sur le couloir, reprit-il. Le babyphone est branché, tu peux régler le volume sur la télécommande, près de la porte.

Il hésita.

— Je la couche ?

— Oui, s'il te plaît.

Il faut apprendre à lâcher prise, Gwen…

— Je te laisse avec elle.

— Merci.

Gwen retourna à la voiture. Au passage, elle glissa

un regard vers la cuisine ultramoderne. Ils n'allaient pas vivre à la dure !

Elle choisit les bagages dont elle avait besoin et croisa Rio en revenant. Il voulut lui prendre les sacs des mains.

— Non, ce n'est pas lourd, protesta-t-elle.

Les doigts de Rio se refermèrent sur les siens et elle s'immobilisa en retenant sa respiration. Elle aurait dû bouger, continuer à marcher, mais elle était incapable de se dégager. Une excitation sourde s'insinuait dans ses membres, la privant de résistance.

Elle ferma les paupières en chancelant et serait tombée si le torse de Rio ne l'avait pas soutenue, tel un rempart. Elle entendit vaguement les sacs heurter le sol. Une plainte monta de sa gorge quand Rio enfouit la main dans ses cheveux en la prenant par la taille. Il murmurait des mots incompréhensibles en espagnol. Son souffle chaud lui caressait le cou.

— J'ai envie de toi…

C'est vraiment moi qui ai parlé ? se demanda-t-elle confusément.

Sans doute, car Rio répondit d'un ton fébrile, mais toujours dans cette langue étrangère et mystérieuse. Elle sentit son érection sur son ventre en se serrant contre lui et entrouvrit les lèvres.

Il leur fallut plusieurs secondes avant de réagir tous les deux au bruit assourdissant qui déchira tout à coup le silence nocturne. Gwen poussa un cri qui se perdit dans le vacarme et fit un bond en arrière quand un hélicoptère plongea au-dessus de leurs têtes, incroyablement bas.

Aussi immobile qu'une statue, Rio ne broncha pas. Puis, le visage levé vers le ciel, il proféra un torrent d'invectives en suivant d'un air hostile les manœuvres de l'appareil. Le grondement diminua d'intensité tandis que les lumières clignotantes s'éloignaient.

Gwen tremblait comme une feuille.

— Cela arrive souvent ? demanda-t-elle, ébranlée par la violence de l'intrusion.

Elle était d'autant plus choquée qu'elle éprouvait une frustration sans nom. Que serait-il advenu s'ils n'avaient pas été interrompus ? Elle ne reconnaissait pas la personne qu'elle devenait en présence de Rio. Il la métamorphosait. Elle fondait dès qu'il la touchait.

— Non.

— Que se passe-t-il ? reprit-elle en recouvrant lentement ses esprits après cette explosion de passion.

— Nous avons de la visite, annonça-t-il en regardant l'endroit où l'hélicoptère avait atterri. Soit ma mère, soit mon frère, mais je n'attendais ni l'un ni l'autre.

À un autre moment, la perspective de rencontrer un membre de la famille de Rio aurait ennuyé Gwen. Mais elle se sentait tellement perdue et bouleversée qu'elle était finalement contente d'avoir un répit.

Tu repousses l'inévitable, Gwen ?

Elle ignora la voix railleuse de sa conscience et releva le menton.

— Tu as un frère ?

Rio hocha distraitement la tête, les yeux fixés sur la jolie bouche pulpeuse qu'il avait bien failli embrasser.

— Je ne t'en ai jamais parlé ?

— Non. Je vais voir si Ellie ne s'est pas réveillée.

— D'accord. Pendant ce temps, je me charge d'expédier le visiteur. Ne t'inquiète pas, il ne resta pas.

— Tu ne peux pas le renvoyer !

— Oh ! je peux me montrer très persuasif !

Elle n'en doutait pas.

Il s'éloigna à grandes enjambées et disparut dans l'obscurité.

Dans la nursery, Ellie dormait toujours à poings fermés. N'ayant aucune excuse pour s'attarder auprès d'elle, Gwen retourna dans le salon. En dépit de l'humeur inhospitalière de Rio, ils seraient bien obligés d'accueillir leur hôte inattendu, au moins pour cette nuit. Elle espérait que ce serait le frère de Rio. Il serait moins prompt qu'une mère à porter un jugement sur la situation.

Gwen était assise sur le tabouret du piano quand Rio réapparut cinq minutes plus tard en poussant un fauteuil roulant.

Elle bondit avec la mine coupable d'une écolière prise en faute, comme si elle n'avait pas le droit d'être là. Mais son appréhension s'évanouit sous le regard souriant et attendri de la nouvelle venue.

En dépit de sa jambe plâtrée et de ses cheveux gris, Lady Cavendish projetait une impression de grande vitalité et ne paraissait pas suffisamment âgée pour être la mère d'un homme adulte. Et même *deux*, corrigea Gwen mentalement.

Quand Lady Cavendish lui tendit les deux mains, elle s'avança sans hésiter à sa rencontre pour les serrer dans les siennes.

— Pour commencer, je vous dois des excuses. Je suis venue voir un de mes fils, et c'est l'autre qui est là.

Elle se tourna vers Rio.

— Et je découvre que j'ai une petite-fille, ajouta-t-elle avec émotion. Vous ne pouvez pas imaginer combien je suis heureuse. J'espère que vous me pardonnerez mon intrusion…

Elle marqua un temps d'arrêt.

— Je pourrais… la voir ? Juste un petit moment ? Je vous promets de ne pas la réveiller. Cela me ferait tellement plaisir ! Ma petite-fille…

Gwen se détendit tout à fait et succomba au charme de ces yeux suppliants.

— Bien sûr, répondit-elle d'une voix chaleureuse.

Quel contraste avec la réaction de ses propres parents !

— Je ne resterai pas longtemps, promis. Ensuite je repartirai. Je ne veux surtout pas vous déranger.

En revenant quelques minutes plus tard avec Rio, elle avait encore les yeux tout humides de larmes, avec des traces de mascara sur les joues.

— Elle est très belle. Vous devez être si fière !

— Elle ressemble à Rio, dit Gwen en rougissant.

— Oui, Roman et lui étaient aussi de très beaux bébés.

Debout derrière le fauteuil roulant, Rio, qui s'impatientait, dit quelques mots en espagnol.

— Oui, Rio, je m'en vais. Mais pourrais-je d'abord avoir un verre d'eau ? Pour avaler mes cachets.

— Tout de suite.

— Vous souffrez ? demanda Gwen.

— Oh ! pas vraiment. C'est juste un peu frustrant, parce que je devrais être déjà guérie et gambader sur mes deux jambes. Malheureusement, la fracture s'est mal ressoudée et je dois repasser sur la table d'opération. Mais laissons cela. J'ai rusé pour écarter Rio et parler un peu avec vous.

— Vous avez dû avoir un choc, observa Gwen prudemment, ne sachant ce que Rio avait dit exactement.

— Une merveilleuse surprise ! Je désespérais d'avoir des petits-enfants. Mes fils… Je peux être franche avec vous ?

Elle poursuivit sans attendre de réponse.

— J'ignore si vous êtes au courant, mais mon mariage n'a pas été très heureux. Je crains que mes enfants en aient conservé des cicatrices… douloureuses. Par le passé, ils étaient très proches et se soutenaient l'un l'autre. Mais…

Elle s'interrompit, l'air soucieux, et essuya une larme.

— Bref, maintenant Rio a la chance de vous avoir, avec Ellie.

Gwen s'affola. Manifestement, la mère de Rio se faisait des idées fausses sur leur relation.

— Rio et moi ne sommes pas vraiment…

— Oh ! je sais que vous avez été séparés. Les raisons ne me regardent pas, mais si vous avez envie de discuter, je suis là. Ce n'est pas le passé qui importe, mais le présent. Rio est allé de l'avant. Il a trouvé le bonheur et je m'en réjouis. Je crois qu'il a beaucoup souffert de la solitude.

Gwen garda une expression neutre en pensant aux innombrables conquêtes féminines de Rio. Si Lady Cavendish voyait son fils comme un moine ou un ermite, ce n'était pas à elle de lui ôter ses illusions.

— Les garçons étaient si jeunes quand ils ont dû prendre la direction de l'entreprise… La démission de Roman a été un coup dur pour Rio, mais il ne s'est jamais plaint. Il a toujours été adorable.

Adorable ! Quel portrait flatteur cette femme dressait de son fils…

— Et si spontané, avant de se renfermer tristement dans sa coquille… Leur père essayait continuellement de leur soutirer des informations pour savoir ce que je faisais et avec qui j'étais, si vous voyez ce que je veux dire.

Gwen hocha la tête. Cela éclairait d'un jour nouveau la personnalité et le comportement de Rio ! Elle avait mal au cœur pour lui.

— Une fois, Rio avait raconté avec beaucoup d'enthousiasme une fête que j'avais organisée et son père s'en est servi contre moi. C'est à partir de ce moment-là qu'il a changé. Il est devenu encore plus introverti quand Roman a pris ses distances. Donc, vous comprenez pourquoi je suis si heureuse qu'il ait fondé sa propre famille.

Une vague d'impuissance submergea Gwen. Il n'était évidemment pas question de décevoir cette femme charmante en lui disant la vérité sur sa relation avec Rio…

— Il sera un bon père, déclara-t-elle avec conviction.

— Ton verre d'eau, mère ?

Gwen sursauta. Qu'avait-il entendu exactement ? Son expression ne trahissait rien. Son expérience avec son père lui avait appris à demeurer impassible en toutes circonstances, sans rien dévoiler. Apparemment, il portait sur ses épaules les soucis de son frère en plus des siens, mais sans se plaindre, ni espérer de gratitude.

— Oh ! finalement, j'ai pris mes cachets sans eau, dit Lady Cavendish d'un ton léger. J'ai été ravie de vous rencontrer, Gwen.

Elle tendit la joue et Gwen se pencha pour l'embrasser.

— Moi aussi, Lady Cav…

— Appelez-moi Jo, comme tout le monde, je vous en prie. J'espère vous revoir tous très bientôt.

Gwen suivit la mère et le fils dehors et s'assit sur un banc de la terrasse.

Elle était perdue dans ses pensées quand un bruit de pas, sur le gravier de l'allée, la ramena à la réalité.

— Ton frère a disparu ? demanda-t-elle. Ta mère semblait anxieuse à son sujet.

Rio enfonça les mains dans les poches de son pantalon à la coupe impeccable.

— Il s'est juste déconnecté pendant quelque temps. Comme moi.

— Elle se fait du souci.

— Comme toutes les mères, j'imagine. Mais Roman est adulte et responsable. Il est capable de se prendre en charge.

— Tu n'es pas inquiet ?

— Non.

Malgré tout, quelque chose le tourmentait qui avait sûrement à voir avec la dispute évoquée par sa mère.

— Qu'as-tu raconté à ta mère, pour Ellie et moi ? Elle semble convaincue que nous formons une vraie famille.

— Je lui ai dit la vérité, au moins en partie. Peu importe ce qu'elle ou les autres pensent. C'est à *nous* de décider de l'avenir.

Ce *nous* redonna un peu d'espoir à Gwen. Parfois, elle avait un besoin éperdu de se raccrocher à quelque chose, de trouver sa place.

— Tout à l'heure, avant..., commença-t-elle gauchement.

Il avança d'un pas et elle se mit debout mais en levant la main en guise de protestation.

— C'est trop tôt, Rio. J'ai besoin de réfléchir.

Un muscle tressauta sur sa mâchoire tandis qu'il contemplait son beau visage.

— Parfois, il vaut mieux ne pas trop réfléchir... Mais je comprends.

Il remarqua les cernes, sous ses yeux.

— Tu dois être fatiguée.

— La journée a été longue. Quelle heure est-il ?

— 10 heures et demie. Veux-tu dîner ?

— Non merci, j'ai mangé des sandwichs dans l'avion. Franchement, j'ai sommeil.

— Bien sûr.

Il inclina la tête sur le côté.

— Bonsoir, Gwen.

Elle retint son souffle quand il se pencha légèrement en

avant, mais il ne l'embrassa pas. Il se contenta d'écarter une mèche de cheveux. Il n'y avait rien d'érotique dans son geste. Pourtant, elle se mit à trembler et se détourna pour rentrer, tellement honteuse qu'elle ne lui souhaita même pas bonne nuit.

8.

Deux heures plus tard, Rio n'arrivait toujours pas à dormir. Il était dans un tel état d'excitation qu'une douche froide ne l'avait pas calmé. Il avait toujours sur les doigts la sensation soyeuse des cheveux de Gwen, et l'impression de respirer leur parfum.

Il enfila un maillot de bain et sortit dans la nuit pour se diriger vers la plage. Il connaissait bien les courants et avait l'habitude de nager dans la mer.

L'exercice physique finit par produire l'effet escompté et son ardeur retomba. Il avait oublié de prendre une serviette, mais la brise tiède le sécha sur le chemin du retour. En passant devant la piscine turquoise, illuminée par les lampes solaires, il fut presque tenté de se baigner à nouveau. Suffisamment détendu pour espérer trouver le sommeil, il y renonça.

Il s'apprêtait à rentrer quand il la vit. Tout le bénéfice d'une demi-heure de sport s'évanouit en l'espace d'une seconde.

Elle se tenait au bord de l'eau dans une chemise de nuit en soie couleur crème. Manifestement, elle ne pouvait pas dormir non plus, sans doute pour les mêmes raisons.

Un désir violent le transperça.

Elle leva soudain les yeux, comme si elle sentait sa présence, et il se dissimula instinctivement sous le couvert des arbres. Presque aussitôt, honteux de se comporter comme un voyeur, il sortit de l'ombre.

— Tu vas te baigner ?

— Non, je prends juste le frais.

La beauté de Rio subjuguait Gwen. On aurait cru la statue de bronze d'un dieu antique. Sa musculature parfaite, sa virilité, la puissance qui émanait de lui, tout en lui l'envoûtait. Un tremblement incoercible la secoua tandis qu'il s'avançait, de sa démarche souple et féline.

Elle avait de la peine à respirer. Des picotements couraient sur sa peau brûlante. Incapable de penser de manière cohérente, elle flageola sur ses jambes, au bord de la suffocation, avec l'impression de se noyer.

— Ce serait de la folie, dit-elle faiblement.

Elle ne reconnaissait même pas le son de sa propre voix.

— Je m'en moque, répondit Rio résolument.

Sous son regard sensuel, elle se mit à trembler d'excitation et de désir. Une insouciance déraisonnable s'empara d'elle, en même temps qu'un brusque sursaut d'énergie.

— Moi aussi.

Sans le quitter des yeux, elle saisit le bas de sa chemise de nuit, la passa au-dessus de sa tête et la jeta négligemment. Elle tomba dans l'eau, mais cela n'avait aucune importance.

Avec un grognement indistinct, Rio l'entoura d'un bras et la souleva de terre, une main sur sa nuque.

Le visage à la même hauteur que le sien, elle entrouvrit les lèvres sous la pression de sa bouche, dans une invitation lascive. Leurs langues se mêlèrent dans une exploration insatiable.

Il releva un instant la tête.

— Fais-moi confiance.

— Oui, murmura-t-elle, éperdue.

— Je veux te voir perdre contrôle, totalement.

Elle gémit quand il la reposa sur le sol et se pencha pour caresser ses seins. Un tressaillement courut le long de son dos, jusqu'au bas des reins. Comme ses jambes se dérobaient, il s'étendit en la serrant contre lui, prenant juste le temps d'ôter son maillot de bain. Puis il roula sur elle.

Il releva ses bras et pressa ses paumes de main sur les siennes. Sans cesser de l'embrasser, il bougea lentement les hanches, effleurant son ventre de son membre érigé. Le désir de Gwen atteignait un point d'incandescence. Elle le voulait en elle, complètement, et l'implora dans un cri.

Rio redressa la tête.

— Appelle-moi encore *cariad*…

— *Cariad*…, chuchota-t-elle docilement, même si elle ne se souvenait pas d'avoir jamais utilisé ce mot gallois.

Ses paupières se fermèrent à demi. Elle n'arrivait plus à absorber toutes les sensations qui surgissaient. Les baisers ensorcelants de Rio agissaient comme une drogue puissante, la vidant de ses dernières forces de volonté.

— Je veux te toucher, murmura-t-elle.

Il émit une plainte sourde.

— Après… Pour le moment, je veux juste…

— Oh oui, Rio, s'il te plaît ! le coupa-t-elle en écartant les jambes.

Elle s'arc-bouta, perdant tout vestige de contrôle. La maîtrise de son corps lui échappait. Elle cria son nom, encore et encore, le suppliant, absorbant les poussées de plus en plus fortes qui la conduisaient inéluctablement vers le paroxysme. Quand l'extase éclata, un long sanglot déchira la nuit.

Rio la suivit aussitôt dans l'explosion du plaisir.

Tandis qu'il reprenait lentement sa respiration, Gwen revint peu à peu à la réalité et bougea sur les dalles dures et froides.

— La prochaine fois, je suggère un lit, murmura Rio en basculant sur le côté.

— Parce qu'il y aura une prochaine fois ? plaisanta-t-elle en déposant un baiser au creux de son cou.

Il s'appuya sur un coude et lui jeta un regard taquin.

— Je relève le défi.

Gwen émergea du sommeil avec une sensation bizarre, inhabituelle. Puis, tout lui revint d'un coup et un flot d'images défila derrière ses paupières closes. Sans ouvrir les yeux, elle comprit qu'elle avait dormi avec le bras de Rio sur sa taille et ses jambes emmêlées dans les siennes.

Elle ne tenta pas d'analyser le sentiment d'appartenance et de sécurité qui la submergeait. Quelle femme ne se serait pas sentie au paradis en se réveillant auprès d'un homme tel que Rio, beau à couper le souffle, qui faisait l'amour comme un dieu ?

Gwen resta immobile à savourer l'instant. Elle avait fini par s'endormir à l'aube, le visage sur sa poitrine. Elle n'avait pas changé de position et entendait les battements de son cœur sous son oreille.

Il lui avait demandé s'il devait retourner dans sa chambre, mais, curieusement, elle ne se souvenait pas de sa réponse. Sans doute avait-elle dit non puisqu'il était toujours là.

Elle s'efforçait de ne pas bouger et de mémoriser chaque détail, chaque impression, pour les revivre plus tard en pensée. Elle se souviendrait des poils de son torse qui lui chatouillaient la joue, de l'odeur musquée de sa peau tiède, du poids de son bras, et de la manière dont ses doigts se refermaient sur sa hanche.

Elle aurait souhaité arrêter le temps pour toujours. Mais

c'était impossible, bien sûr. Déjà, son esprit s'évadait en se projetant dans l'avenir.

Il ne fallait surtout pas s'emballer. Incapable de demeurer plus longtemps immobile, elle se dégagea de l'étreinte de Rio en retenant son souffle, et en prenant appui d'une main sur le matelas. Parvenue au bord du lit, elle marqua une pause pour le contempler.

Ses traits semblaient ciselés dans le marbre. Sa barbe d'une nuit accentuait les creux et le contour de son visage, et ses cils jetaient une ombre sur ses pommettes.

La nostalgie qui l'envahit l'effraya par son intensité douloureuse. Levant la main pour essuyer une larme qui roulait sur sa joue, elle se détacha tout à fait et se leva. Mais comme ce fut difficile de rompre le contact avec la chaleur de son corps, et de briser leur douce intimité !

La veille au soir, Gwen s'était interdit de songer aux conséquences de ses actes, précisément en raison de cette indicible tristesse qui montait sournoisement. Elle s'était donnée à Rio totalement, en acceptant ce *désespoir* qui la saisissait dès qu'il la touchait. Elle n'avait pas cherché à lutter, ni à se poser de questions.

Ce matin, ce n'étaient pas les interrogations qu'elle repoussait, mais les réponses.

Elle attrapa son peignoir, l'enfila et noua fermement la ceinture. Puis, sans un regard en arrière, elle se glissa dans le couloir qui menait à la chambre d'Ellie.

Elle n'entra pas et se contenta de regarder au-dessus de la barrière de sécurité. La pièce était sombre à cause des volets baissés, derrière les rideaux de couleurs vives. Il fallut à Gwen quelques minutes avant de distinguer les boucles brunes sur l'oreiller, à la lueur de la veilleuse qui projetait de petites étoiles sur le plafond.

Rassurée par la respiration douce et régulière de sa petite fille, Gwen bannit les inquiétudes qui s'étaient insinuées en elle. Toutes les mères ne rêvaient-elles pas d'un avenir radieux pour leur enfant, sans pleurs et insouciant ? Sa propre mère avait sans doute éprouvé les mêmes aspirations.

Comme toujours chaque fois qu'elle pensait à elle, une profonde tristesse l'envahit, mêlée d'un sentiment de trahison.

Celle-ci aurait pu quitter son mari, mais elle avait choisi de rester avec lui, tout comme elle avait *choisi* de ne pas défendre sa fille. Gwen avait beaucoup souffert et ne pouvait pas s'empêcher de penser qu'elle aussi avait abandonné sa mère en lui préférant son bébé.

Tentée de serrer Ellie dans ses bras pour se réconforter, elle préféra ne pas la déranger et s'éclipsa aussi doucement qu'elle était venue, sur la pointe des pieds. Le grand salon était inondé de lumière. Dès qu'elle posa la main sur la poignée de la porte-fenêtre, le panneau vitré coulissa et elle sortit dans la clarté de l'aube.

Elle marqua une pause pour humer les senteurs qui flottaient dans l'air déjà chaud. Puis elle emprunta une allée qui serpentait dans le jardin parfumé, où les fleurs rivalisaient avec les plantes aromatiques méditerranéennes.

Se promenant sans but précis, Gwen se retrouva au bord de la piscine, revivant les souvenirs d'une folle étreinte. Avec Rio, elle se sentait une autre femme, qu'elle avait beaucoup de mal à reconnaître.

Le soleil se levait sur l'horizon lorsqu'elle descendit l'escalier qui menait à la petite plage de sable doré. Elle contempla, émerveillée, les couleurs du ciel, cramoisies, orangées et cuivre doré.

Son humeur s'égaya. Comment ne pas retrouver un peu d'espoir face à la beauté de la nature ? Elle offrit son visage à la fraîcheur de la brise marine. On n'entendait que le doux chuintement des vagues. La paix et la sérénité de l'endroit contrastaient dramatiquement avec le chaos interne de ses émotions.

La vérité était pourtant censée vous libérer, non ?

Elle émit un petit rire d'autodérision que le vent emporta. On surestimait les bienfaits de la vérité, surtout lorsqu'il s'agissait de sentiments. La lucidité qui se faisait jour en elle la déchirait, l'anéantissait…

N'était-ce pas plutôt l'effet du *déni* ? suggéra la voix de sa conscience. Elle repoussa la question vigoureusement. Il s'agissait plus de se préserver que de comprendre. Nommer ses sentiments leur donnerait une existence, et un pouvoir beaucoup trop grand.

Cette nuit, ils avaient fait l'amour… Non, ils avaient *couché ensemble*. Il fallait s'en tenir strictement aux faits, s'exhorta-t-elle, les yeux humides.

Une vague se brisa sur le sable et elle recula, surprise d'avoir les pieds dans l'eau. Il était temps de rentrer. Ellie ne tarderait pas à se réveiller et Rio… Lui manquerait-elle ou serait-il soulagé de ne pas affronter sa présence matinale ?

Éprouverait-il seulement de la gêne ? Les événements de cette nuit ne revêtaient peut-être pas pour lui d'autre signification qu'un plaisir fugace entre deux adultes libres et consentants. Elle leva les bras en se tournant dos à la mer. Depuis quand la vie était-elle devenue si compliquée ?

Depuis que tu es tombée…

Elle refoula très vite le mot qui lui brûlait les lèvres. Arrivée en bas des marches, elle s'immobilisa.

Avant de revoir Rio, il fallait arrêter une ligne de conduite. Coucheraient-ils de nouveau ensemble ?

En avait-elle envie ?

Un grognement s'échappa de sa gorge. Rio avait toujours été clair. Ses relations avec les femmes étaient sans lendemain et se limitaient au sexe. Il ne s'engageait pas et refusait de nouer des liens durables. Mais le destin avait changé la donne en introduisant dans sa vie un petit trublion prénommé Ellie et qui, selon toutes les apparences, l'avait bouleversé.

Rio se comporterait peut-être en père dévoué. Il serait toutefois dangereux d'en tirer des conséquences pour elle et lui.

Une seule et unique question se posait. Gwen voulait-elle revivre une nuit comme celle qui venait de s'achever, sachant qu'il s'agissait seulement, pour Rio, d'assouvir des appétits charnels ?

Elle ne le voulait pas, mais le désirait et en avait *besoin*. Le souvenir de leur passion l'enveloppait encore comme une seconde peau. Cela ressemblait à un rêve, mais son corps endolori attestait de la réalité. Un frisson la secoua tandis qu'elle se remémorait le plaisir infini qui l'avait transportée, au point qu'elle avait presque perdu conscience.

Absorbée dans ses pensées, elle arriva en vue de la maison sans même s'en rendre compte. Elle n'avait toujours pas pris de décision… Quel prix était-elle prête à payer pour connaître à nouveau les délices, quoique fugitives, de la chair ?

Se contenterait-elle de rapports purement physiques ? Rio ne lui accorderait qu'à contrecœur des échanges moins superficiels, et uniquement en raison de l'enfant qu'ils avaient en commun. Gwen, qui rêvait d'une tout autre intimité, serait stupide de s'attacher à un homme incapable de donner de lui-même.

Elle s'était toujours juré de ne pas choisir quelqu'un qui ne correspondait pas à son idéal. Elle voulait l'amour parfait, absolu. Mais elle voulait aussi Rio. Parce qu'elle l'aimait.

Quelle folie !

Une plainte déchirante franchit ses lèvres. Heureusement, il n'y avait personne pour l'entendre, que les mouettes qui volaient haut dans le ciel au-dessus de sa tête.

Elle ferma les yeux et serra les poings. Si seulement elle n'avait pas autant *besoin* de Rio… dans sa chair ! C'était presque insupportable.

Un bruit de verre cassé, dans la maison, la fit sursauter.

Obéissant à un instinct protecteur, elle se précipita à l'intérieur. Ses premières pensées allaient à Ellie, même si, en toute logique, il n'y avait strictement rien à craindre. Elle n'avait évidemment pas pu escalader la barrière de sécurité.

La panique de Gwen se calma, ainsi que les battements de son pouls, lorsqu'elle repéra la cause du bruit. Un grand vase en cristal, disposé sur un coin du piano, s'était brisé en mille morceaux en tombant sur le dallage en terre cuite.

Accroupi, Rio était en train de ramasser les débris en poussant un chapelet de jurons, en espagnol.

— Attention de ne pas te couper ! s'écria Gwen en levant le bras.

Il se redressa promptement au son de sa voix, plusieurs morceaux dans la main. Pour une fois, ce fut lui qui parut déstabilisé par sa présence. Frappé de stupeur, il la fixa longuement, comme s'il voyait une apparition.

Elle fronça les sourcils sans comprendre les raisons de son étrange attitude. Cela avait-il un lien avec la nuit dernière ? Regrettait-il déjà ce qui s'était passé ?

Elle laissa retomber son bras. Inconsciemment, elle s'était préparée à une tornade émotionnelle. Or, elle ne ressentait… rien. Bizarrement, le trouble qui la bouleversait d'habitude avait disparu.

Elle crut d'abord que ses vœux étaient exaucés. Elle était devenue indifférente, le désir ne la tourmenterait plus. Dans un deuxième temps, elle remarqua la barbe de trois jours et la pâleur du visage.

— Trop tard, c'est déjà fait !

Du sang coula sur le piano, puis il s'essuya les doigts sur le pantalon et frotta les taches rouges avec sa manche.

— Tant pis ! lança-t-il avec un haussement d'épaules. Estelle s'occupera de tout nettoyer.

— Elle n'est pas là.

Elle n'ajouta pas qu'il avait renvoyé les domestiques pour être tranquille avec sa fille avant d'annoncer la nouvelle publiquement. Car elle venait de comprendre qu'il ne s'agissait pas de Rio, mais de son frère. Son *jumeau.*

Ce dernier pencha la tête sur le côté. Rio, lui, se serait gratté le front. Ils ne se comportaient pas de manière absolument identique.

— Qui êtes-vous ?

Il l'observait avec des yeux curieusement familiers, mais dénués de sensualité ou de sous-entendu, contrairement à ceux de Rio, toujours très expressifs.

Mal à l'aise, elle resserra gauchement les pans de son peignoir. Rio n'avait pas eu le temps de contacter son frère. Il s'agissait d'un pur hasard.

— Gwen, répondit-elle évasivement. Vous êtes Roman ?

— Bonjour, Gwen. Enchanté.

Il grimaça un sourire empreint de lassitude. Il avait la mine sombre et fatiguée. Tout en détaillant ses traits, elle se demanda pourquoi ils n'éveillaient pas le même élan qui la poussait inexorablement vers Rio.

Elle eut une mimique d'autodérision et il haussa les sourcils. *Exactement comme Rio.*

Quel sujet de thèse passionnant cela ferait ! Deux hommes se ressemblaient comme deux gouttes d'eau. L'un avait déchaîné en elle une folle passion, alors que l'autre la laissait complètement froide. Quel phénomène mystérieux ! Inexplicable…

— Vous êtes vraiment pareils.

À peine les mots étaient-ils sortis de sa bouche qu'elle les regretta. Combien de fois les jumeaux avaient-ils entendu ce commentaire ? Heureusement, Roman était trop poli pour commenter cette banalité, alors que Rio se serait moqué de son manque d'originalité.

— Oui, il paraît. *Gwen…* ?

— Meredith. Je m'appelle Gwen Meredith.

— Vous êtes galloise ? s'enquit-il.

Elle hocha la tête.

— Vous m'impressionnez. Peu de gens en dehors du Royaume-Uni détectent aussi vite l'origine de mon accent.

— De mon frère et moi, c'est moi l'intuitif.

Et sans doute le plus secret. Le plus égoïste aussi. Celui qui s'était retiré des affaires en abandonnant à Rio le fardeau des responsabilités qu'ils avaient reçues en héritage.

Était-il au courant, pour Ellie ?

Se disaient-ils tout ?

Un lien très particulier liait les jumeaux. On parlait même de télépathie. Était-ce un mythe ou une réalité ?

Il réprima un bâillement.

— Excusez-moi, je suis éreinté. Le voyage a été long. J'ai décidé au dernier moment d'assister à la fête. Vous êtes venue avec Rio ?

— Il dort encore, bredouilla-t-elle en rougissant comme une écolière. C'est-à-dire… Je…

Il acquiesça avec un demi-sourire.

— Je comprends.

Il avait parlé d'une fête ? N'osant pas le questionner, elle changea de sujet.

— Vous devriez mettre un pansement, conseilla-t-elle en montrant la coupure qui, heureusement, ne saignait plus.

— Oui… Écoutez, je suis désolé de vous fausser compagnie à peine arrivé. Je suis mort de fatigue, je vais me coucher. Mais je vais d'abord passer dire bonjour à Rio.

Il était déjà sur le seuil quand Gwen lui adressa de nouveau la parole.

— Euh… Votre mère vous cherchait. Elle s'attendait à vous voir ici.

Il plissa le front.

— Elle est déjà là ?

— En fait, elle est repartie.

— Ah. Alors, vous avez rencontré notre mère ? s'écria-t-il avec une pointe d'intérêt dans le regard. Finalement, Rio lui a présenté une petite amie !

Juste à ce moment-là, la porte du couloir s'ouvrit et Rio apparut, les cheveux en bataille, avec Ellie bien réveillée dans les bras.

9.

La présence de Gwen avait déjà surpris Roman, mais l'apparition de son frère avec une enfant dans les bras le cloua de stupéfaction.

D'autant que la ressemblance sautait aux yeux. Il y avait de quoi être interloqué.

Rio, lui, fut soulagé de voir Gwen. Le langage de sa fille lui était incompréhensible à quatre-vingt-dix pour cent et ses erreurs d'interprétation induisaient des mouvements de mauvaise humeur des deux côtés.

Ellie s'énervait ou n'obéissait pas quand il lui demandait quelque chose – telle mère, telle fille ! Frustré, Rio avait fini par lui parler en espagnol. Paradoxalement, il obtenait de meilleurs résultats.

À cet âge, les enfants assimilaient les langues étrangères comme des éponges.

En tout cas, s'occuper d'un petit enfant était moins simple qu'il n'y paraissait au premier abord. Il avait tout de même réussi à la consoler quand elle s'était réveillée en pleurs et en concevait une satisfaction orgueilleuse.

Tiré d'un profond sommeil par les cris stridents d'Ellie qui résonnaient dans le babyphone, il avait tendu le bras vers Gwen. Mais le lit était froid et vide. Elle n'était pas là. Il avait bien fallu surmonter sa panique et réagir.

Dieu merci, elle était là, à présent. Son peignoir fluide soulignait les courbes gracieuses de sa silhouette et sa chevelure opulente se déversait en cascade sur ses épaules. Instantanément, il se remémora son parfum capiteux et enivrant.

— Où avais-tu disparu ? Tu ne pouvais plus dormir ? s'inquiéta-t-il.

Les yeux de Gwen lui envoyaient des signaux urgents mais énigmatiques, et la petite Ellie agitait continuellement la tête devant lui. Il se pencha légèrement sur le côté, mais l'enfant se mit à hurler, réclamant son attention.

Gwen ne savait pas comment avertir Rio, qui n'avait pas conscience de la présence de son frère juste derrière lui. Du coup, elle s'interrogeait sérieusement sur la soi-disant télépathie entre jumeaux. Il faut dire tout de même qu'il avait fort à faire avec Ellie qui gigotait et protestait dès qu'il cessait de s'occuper d'elle.

— Rio ?

Le reste de sa phrase fut perdu car la fillette recommença à donner de la voix. Pensant qu'elle allait se précipiter dans les bras de sa mère, Rio se pencha pour la déposer à terre.

— Non, Rio ! s'écria Gwen. Il y a du verre cassé partout !

Il se redressa.

— *Vamos en la piscina mas tarde – perfecto !*

À la stupéfaction de Gwen, Ellie hocha la tête.

— Elle te comprend ?

Il haussa les épaules.

— Elle parlera bientôt couramment espagnol.

Gwen esquissa à peine un sourire.

— Fais attention où tu mets les pieds, tu risques de te couper.

Rio avait enfilé un caleçon et un T-shirt, mais était pieds nus. Ellie, dans un pyjama lapin adorable, tirait à deux mains sur ses cheveux en bataille.

— Où étais-tu, Gwen ? Tu nous as manqué, n'est-ce pas, mignonnette ?

Il courba la tête tandis qu'Ellie s'accrochait de plus belle aux boucles brunes qui semblaient la fasciner.

Dans d'autres circonstances, la scène aurait attendri Gwen et son cœur aurait fondu.

— De quoi as-tu envie pour le petit déj…

Il s'interrompit en plissant le front.

— Qu'y a-t-il ? Quelque chose ne va pas ?

Roman, qui avait jusque-là assisté silencieusement à la scène, se décida à intervenir.

— Tu vas devoir m'expliquer la situation.

Rio sursauta et se retourna.

— *Roman… ?* Que… ?

Il passa aussitôt à l'espagnol, dans un débit accéléré.

Roman attendit patiemment la fin de sa tirade, tout en observant avec fascination l'enfant qu'il serrait contre lui.

— Je savais que tu serais content de me voir, répliqua-t-il avec une ironie mordante.

— Mais bien sûr, je suis content ! protesta Rio, non sans hypocrisie. Mais je…

Il implora des yeux le secours de Gwen, qui s'avança pour prendre Ellie. Cette dernière s'agrippait à son père avec tant de vigueur qu'il fallut l'arracher de force.

— Je vous laisse tous les deux ! s'écria Gwen en se dirigeant vers la porte.

— Tu n'es pas obligée de t'en aller, lança Rio.

En même temps, il serait certainement plus facile de parler seul avec son frère.

— Malgré tout, puisque tu proposes et si cela ne t'embête pas…

— Je comprends très bien, ne t'inquiète pas. À tout à l'heure.

Roman attendit qu'elle soit partie.

— Tu l'as vexée.

Rio serra les mâchoires.

— C'est la mère de mon enfant, annonça-t-il brutalement.

— J'avais deviné, répliqua Roman sèchement. Alors, comme cela, maman est venue ? Pour faire sa connaissance ?

Rio passa la main dans ses cheveux emmêlés.

— Elle te cherchait. Elle doit se faire opérer vendredi prochain et voulait t'en informer.

— Ah bon ?

— Selon elle, ce n'est rien de grave, mais tu la connais...

— Elle a dû être heureuse de voir Gwen et le bébé. Vous vivez ensemble ?

— Pas encore, mais cela ne saurait tarder.

Avant de l'exprimer à voix haute, Rio l'ignorait lui-même. Pourtant, après les événements de la nuit dernière, il n'était plus question d'arrangements bancals ni de demi-mesures. Il se sentit brusquement libéré, malgré l'intuition d'une catastrophe imminente. Désormais, il n'avait plus d'excuses et devait avouer toute la vérité à son frère.

Il le pressentait depuis plusieurs jours mais la soudaine apparition de Roman avait précipité sa décision.

— Qu'est-ce qui t'amène ici ? demanda-t-il.

Tu cherches seulement à gagner du temps, se reprocha-t-il en se moquant de lui-même.

— Je voulais t'aider pour les préparatifs de la fête. Si maman se fait opérer, elle n'y assistera pas ?

Roman s'interrompit devant la mine perplexe de son frère.

— Nous sommes en juillet. Tu n'as quand même pas oublié ?

Rio émit un juron.

— Si... Je vais tout annuler.

— Tu n'y penses pas ! La tradition est solidement établie, maintenant. Il faut la respecter, même si maman n'est pas là. Elle serait très déçue.

Rio marmonna un nouveau juron, mais Roman savait qu'il accomplirait son devoir filial. On pouvait compter sur lui.

— Son compagnon sera des nôtres ? s'enquit Roman.

— C'est un chic type. Je l'aime bien, déclara Rio tandis que son frère s'asseyait au piano.

Son jumeau souleva le couvercle et entama une série de gammes. Il avait encore du mal à accepter la relation de leur mère avec un directeur de théâtre.

— Cet instrument a toujours eu une sonorité magnifique, observa Roman pensivement. Quant à l'ami de maman, je réserve encore mon jugement.

— Leur liaison dure depuis deux ans et la rend très heureuse.

— J'espère bien ! bougonna Roman.

Puis il changea abruptement de sujet.

— Parle-moi plutôt de Gwen.

Rio soupira. Il avait une autre histoire à raconter avant d'en venir à la sienne.

— Je dois d'abord te dire quelque chose, Roman. Écoute-moi.

Gwen donna son petit déjeuner à Ellie avant de la baigner. Elle prit également une douche rapide et enfila un short et un débardeur en coton. Puis elle habilla sa fille avec un ensemble à fleurs adorable, avec un chapeau assorti, et l'enduisit copieusement de crème solaire.

Elle sortit en évitant la piscine pour ne pas tenter Ellie et se dirigea vers le pigeonnier, armée d'un sac de graines qu'elle avait pris sur une étagère, dans la buanderie.

Assise sur un banc, elle contempla Ellie qui courait au milieu des tourterelles, tout en pensant aux retrouvailles entre les deux frères. Elle se sentait exclue et souffrait inconsidérément. Il n'y avait pourtant pas de raison de se formaliser. Dans un premier mouvement, Rio l'avait d'abord priée de rester. Néanmoins, cela ne suffisait pas à la réconforter.

Elle se moucha bruyamment et s'admonesta. *Qu'espérais-tu, Gwen ? Être acceptée sans condition alors que tu ne fais même pas partie de la famille ?*

Ellie revint en trottinant, son sac vide à la main.

— Ils ont tout mangé !

Gwen lui sourit.

— Rentrons. As-tu envie d'un jus de fruits ?

L'enfant battit joyeusement des mains et la précéda dans l'allée en gambadant. De loin, elles aperçurent une voiture qui filait en trombe sur le chemin de gravier. La main en visière, Gwen la suivit des yeux. Le frère de Rio conduisait comme un fou !

Comme toutes les autres pièces de la villa, la cuisine était luxueuse. Des placards en bois blanchi s'alignaient le long d'un mur. Gwen chercha un gobelet en plastique pendant qu'Ellie se dirigeait tout droit vers une maisonnette installée à son intention, au milieu d'un joli jardinet. La petite fille ouvrit la barrière et pénétra sans hésitation dans son domaine.

Gwen inspecta l'intérieur du frigo.

— Orange ou pomme ? demanda-t-elle.

Déjà absorbée dans son jeu, Ellie ne répondit pas. Gwen s'apprêtait à répéter la question, quand une silhouette se profila sur le seuil. Elle étouffa une exclamation horrifiée. Rio sortait de la buanderie, affreusement mal en point.

— Désolé, bégaya-t-il, je ne fais que passer…

La main en sang, il pressait une serviette rouge et

dégoulinante sur son visage. Il jeta un coup d'œil à l'enfant qui parlait à des poupées imaginaires.

— Continue à t'occuper d'elle. Je ne veux pas l'affoler.

— Ne t'inquiète pas pour elle. La vue du sang ne la traumatise pas. Elle se fera même un plaisir de jouer à l'infirmière.

Elle s'efforça de garder son calme tout en essayant d'évaluer la gravité des dégâts.

— Que s'est-il passé ? Dois-je appeler une ambulance ?

— *Dios*, non. Je saigne simplement du nez. Je vais chercher un linge propre et mettre celui-ci au sale.

Pas dupe un seul instant, elle insista, bien déterminée à obtenir une réponse.

— Que s'est-il passé, Rio ? Ne me prends pas pour une idiote, je ne crois pas à cette histoire de nez qui saigne.

Non, elle n'était pas stupide. La lucidité la rattrapait et elle ne faisait même plus semblant de ne pas être amoureuse. La vérité éclatait, avec une évidence irréfutable. La brusque apparition de Rio, le visage en sang, lui dessillait les yeux. Elle était tombée amoureuse du père de son enfant, cet homme qui ne l'aimerait hélas jamais en retour à cause des traumatismes de son enfance.

— Qu'est-il arrivé ? Qui t'a fait cela ?

Elle connaissait évidemment la réponse, mais voulait l'entendre de sa bouche. C'était important qu'il le lui dise lui-même.

— Ce n'est rien, ne t'inquiète pas, dit-il d'une voix étouffée par la serviette.

— Inutile de poser au gros dur avec moi. Cela ne m'impressionne pas.

En réalité, il ne cherchait pas à prouver quoi que ce soit. Elle était très émue de ne plus pouvoir maîtriser ses émotions. Oh ! elle aurait tant voulu lui inspirer des sentiments amoureux, lui devenir aussi indispensable que l'air qu'il respirait…

— Laisse-moi regarder…

— Non !

Ignorant sa protestation, elle repoussa sa main et réprima un cri. *Ressaisis-toi, Gwen ! Après tout, c'est toi qui as insisté !*

— Tu dois avoir très mal.

Elle se détourna pour dissimuler son expression et se dirigea vers l'évier.

— J'espère que ton adversaire est aussi mal en point que toi ! marmonna-t-elle.

Sinon, elle se chargerait avec plaisir de lui rendre la pareille. Elle qui avait toujours rêvé d'avoir un frère ou une sœur se félicitait en ce moment d'être fille unique.

— Où est la pharmacie ?

— Premier placard sur la droite. Franchement, ce n'est pas la peine. Je n'ai rien.

À présent, il avait l'air irrité.

Elle se mit en colère.

— Ne fais pas l'idiot !

Elle posa la boîte sur le plan de travail et ôta le couvercle. Après avoir rassemblé tout ce dont elle avait besoin, elle revint vers lui, intimidée par son regard insistant.

— Assieds-toi.

À sa surprise, il obtempéra sans rechigner et s'installa sur un tabouret haut.

— Cela va piquer…, prévint-elle.

Elle ne se rendit pas compte tout de suite qu'elle se tenait entre ses jambes. Ce fut la pression de ses cuisses sur ses hanches qui l'alerta. Pour une fois, ils étaient à la même hauteur, littéralement nez à nez. Cette proximité la troubla et elle frissonna malgré elle.

Elle évita soigneusement son regard pour ne pas risquer de se trahir.

— Voyons…

Se raccrochant à son orgueil, elle se blinda intérieurement lorsque Rio écarta la serviette et la posa sur la table.

Il avait la mâchoire très rouge, une vilaine coupure sur la lèvre qui commençait à enfler, le nez qui saignait abondamment et une ecchymose violacée sous un œil.

Elle était tellement bouleversée qu'elle avait du mal à réagir et à parler. Sans doute perdait-on tous ses moyens quand on aimait quelqu'un passionnément…

Elle ferma à demi les paupières pour cacher ses yeux humides.

— T'a-t-il frappé ailleurs ? demanda-t-elle d'une voix altérée.

— Je vais très bien.

— Mais bien sûr, ironisa-t-elle.

— Tu pleures ? dit-il d'un ton étrange.

Peut-être avait-il simplement du mal à articuler… Elle renifla bruyamment.

— Je ne pleure pas. Je suis en colère. Tu veux savoir pourquoi ?

Apparemment, il n'en avait aucune envie et se contenta de la regarder avec une expression impénétrable.

Pris au dépourvu, il ne résista pas lorsqu'elle saisit ses poignets et examina ses mains attentivement. Elles ne portaient aucune marque, aucun signe montrant qu'il avait riposté pour se défendre…

Une ombre voila les grands yeux bleus de Gwen. Elle devait avoir une piètre opinion de son frère. Rio aurait dû la détromper et rétablir la vérité. L'ignoble individu, c'était lui, pas Roman. Mais il redoutait trop ses foudres et la condamnation méprisante qui s'ensuivrait, même s'il les méritait.

Pourquoi tenait-il tant à ne pas lui déplaire ?

Il avait trop mal à la tête pour réfléchir. Pour l'instant, il préférait continuer à passer pour la victime.

Cette migraine lui épargnait sans doute des complications inutiles, songea-t-il sombrement. Son existence était déjà assez embrouillée sans qu'il se découvre de nouveaux soucis. Pour l'instant, il avait deux priorités, être un bon père, ou en tout cas un père acceptable, et persuader son frère de se réconcilier. Roman lui avait décoché un coup de poing dans la mâchoire, mais n'était pas responsable des autres blessures. Rio se les était infligées lui-même en tombant sur le coin de la table basse.

Roman était parti furieux. Néanmoins, tout n'était pas perdu. Leur relation pouvait peut-être encore être sauvée.

Un soupir de frustration monta de la gorge de Gwen.

— Tu ne m'as toujours pas expliqué ce qui s'est passé ! Ne me dis pas que tu t'es cogné contre une porte.

Il tressaillit quand elle tamponna sa joue avec un coton imbibé d'alcool et elle s'excusa en caressant doucement le côté indemne de son visage.

— Désolée… Pourquoi ton frère t'a-t-il frappé ?

— Je le méritais, admit-il à contrecœur.

Perplexe, elle ne répondit pas et continua à le soigner. Une fois qu'elle eut terminé, elle se tourna à demi pour poser le tampon de ouate sur la table et le mouvement la déstabilisa. Aussitôt, Rio raffermit l'étreinte de ses cuisses pour l'aider à rétablir son équilibre, et l'enserra par la taille.

La respiration de Gwen se fit tout à coup difficile. Elle n'arrivait plus à raisonner. Le désir sexuel brouillait ses idées, alourdissant l'air qui les entourait comme une bulle. Elle ne maîtrisait plus le fonctionnement de son organisme. Ses hormones la dominaient.

Elle n'eut pas la force de volonté nécessaire pour se

dérober au regard brûlant de Rio. La lueur avide qui brillait dans ses yeux l'hypnotisait. Elle avait l'impression de fondre, de se liquéfier totalement.

— Merci, murmura-t-il.

Elle faisait tant d'efforts pour rester immobile que des gouttes de transpiration perlèrent à son front. Finalement, elle ferma à demi les paupières et baissa légèrement la tête. Il avait toujours les mains sur ses hanches.

— Comment cela, tu le *méritais* ? demanda-t-elle.

De toute façon, la violence n'était jamais une solution.

— Et arrête de jouer les martyrs, cela ne te va pas du tout.

Il la lâcha brusquement, avec une expression tellement lugubre qu'elle eut envie de prendre son visage entre ses paumes pour l'embrasser. Mais leur relation excluait la tendresse…

— Ton frère t'a agressé ! reprit-elle sur un ton scandalisé, en espérant le faire réagir.

— Oui, mais je le méritais, répéta-t-il sans s'expliquer davantage.

Il relâcha la pression de ses cuisses et elle recula, mais avec la sensation ridicule d'être abandonnée.

Les poings sur les hanches, les dents serrées, elle le toisa en feignant le mépris.

— Tu n'as même pas essayé de te défendre ?

Il esquissa un sourire qui lui arracha aussitôt une grimace de douleur et il porta les doigts à sa lèvre fendue.

— Il n'y a pas que la loi du talion. On peut aussi tendre l'autre joue.

— Ce genre d'attitude m'étonne, de ta part.

Rio n'avait pas obéi à une stratégie calculée, en subissant la furie de Roman sans riposter. Il jugeait simplement le châtiment mérité et son attitude avait stoppé net l'escalade de la violence. Sinon, son frère l'aurait battu à mort. Depuis qu'il était lui-même père, Rio comprenait une telle explosion de fureur.

Il regarda Gwen pendant qu'elle se dirigeait vers le frigo. Elle sortit un bac à glaçons et le renversa dans un torchon propre. Il aimait la souplesse tranquille avec laquelle elle se mouvait. Elle possédait une grâce peu commune, d'autant plus charmante qu'elle était parfaitement naturelle.

— Cela réduira les ecchymoses, dit-elle en appliquant la glace sur sa joue. Tu devrais aussi prendre de l'aspirine.

— Je préférerais un cognac.

Il fixa sa bouche voluptueuse. Un baiser l'aurait sans doute davantage réconforté.

— Il n'est même pas midi.

Il éclata de rire devant sa mine scandalisée.

— Alors, une tasse de thé. D'accord ? suggéra-t-il en se levant.

Elle rejoignit Ellie, qui ne jouait plus. Recroquevillée devant sa maisonnette, le pouce dans la bouche, elle dormait paisiblement.

Rio contempla la scène avec tendresse. Au moins, sa fille n'avait pas été perturbée.

— Je vais la coucher, dit Gwen en se penchant pour la soulever dans ses bras.

10.

Rio les regarda s'éloigner avec une émotion devenue familière. Le poids qui lui écrasait la poitrine s'allégea momentanément, mais ne tarda pas à le tourmenter de nouveau.

Il se mit à arpenter la pièce nerveusement. Dès que Gwen reviendrait, elle recommencerait à lui poser des questions et il finirait par tout lui raconter.

Inexplicablement, il s'y sentait contraint. Objectivement, pourtant, rien ne l'y obligeait. Ils n'étaient pas en couple. Ils étaient simplement… Il serra les poings avec une douloureuse grimace de dégoût.

Dios mio, non, il n'y avait rien de simple dans leur relation. C'était tout le problème, justement. Ce qui s'était passé la nuit dernière en apportait une preuve irréfutable, si besoin était. Il n'était plus question d'invoquer un désir réciproque ou une mystérieuse alchimie sexuelle. Il s'agissait de bien autre chose, mais dont il ne voulait pas entendre parler.

Il refusait catégoriquement toute espèce de complications sentimentales.

Il secoua la tête, geste qu'il regretta aussitôt car il lui arracha un gémissement, et se dirigea vers le salon. Il n'avait plus envie d'un thé. Il préférait quelque chose de plus fort. Peut-être avec deux aspirines.

Ellie ne broncha pas quand Gwen la coucha dans son lit tout habillée. Elle aurait sûrement très faim en se réveillant…

Gwen lui envoya un baiser du bout des doigts, appuya sur un bouton pour baisser les stores, puis alluma la veilleuse et brancha le babyphone.

Pour regagner la cuisine, elle devait passer par le vaste espace à vivre qui occupait la moitié de la superficie du rez-de-chaussée. Elle était résolue à découvrir la vérité sur la violente dispute qui avait opposé les deux frères.

Elle ne s'accommoderait pas d'un mensonge ni d'un silence, même si Rio se raccrochait à cette solution de facilité.

Elle avait de quoi argumenter s'il résistait. Certes, la vie privée de Rio ne la regardait pas, mais l'existence d'Ellie changeait la donne. Elle refusait d'exposer sa fille à un environnement où la violence pouvait éclater et la mettre en danger.

Il n'y avait jamais eu de violence dans sa famille. Son père avait beaucoup de défauts, mais pas celui-là. En revanche, elle avait connu le mensonge, tout aussi destructeur, qui sapait la confiance et le respect.

Elle se reprocha avec une pointe de culpabilité d'avoir comparé Rio à son père, même inconsciemment. Son père était un faible et Rio était fort. L'atmosphère familiale comptait beaucoup dans l'éducation. Cela n'avait rien à voir avec l'abondance de jouets, le luxe ou le confort. Les enfants avaient besoin de se sentir en sécurité, et percevaient très vite les ambiances malsaines, lourdes de mensonges ou de secrets.

Rio et elle n'étaient sans doute pas engagés dans une vraie relation, mais Gwen prendrait définitivement ses distances s'il ne lui disait pas la vérité.

Elle avançait d'un pas rapide et déterminé quand un

son discordant, au piano, interrompit le cours de ses pensées. Elle se figea. Roman était-il revenu ? Dans ce cas, quelle attitude adopter ?

Elle réprima un soupir de soulagement à la vue de Rio, seul, assis au piano. Un verre de cognac dans une main, il faisait courir les doigts de son autre main sur le clavier en s'essayant à une série de gammes compliquées.

— Je n'ai pas trouvé de thé, lança-t-il en levant son verre.

— Je ne savais pas que tu jouais.

Il écrasa de nouveau les touches avec fracas, puis ferma le couvercle et se leva. Même dans un lieu aussi vaste, sa présence dominait tout l'espace, projetant une énergie infatigable sous la frustration.

— De nous deux, c'est Roman le musicien. Moi, je n'étais pas très doué. J'étais meilleur à la boxe. Quelle ironie, non ?

Il se toucha la mâchoire.

— Pourquoi ne t'es-tu pas défendu ?

Plus elle y pensait, moins elle comprenait. Qu'avait-il bien pu faire pour accepter passivement une punition aussi sévère ?

Il lui jeta un regard à la dérobée et ne répondit pas.

— Ellie va bien ?

— Elle dort à poings fermés. Elle a sauté sa petite sieste du matin et a perdu son rythme quotidien. Elle ne se réveillera pas avant un bon moment.

Rio semblait avoir besoin de sommeil, lui aussi. Elle secoua la tête impatiemment. Pourquoi cet homme avivait-il en elle de tels instincts protecteurs ? C'était ridicule…

— Donc, tu veux savoir ce qui se passe ? maugréa Rio avec un de ses haussements d'épaules inimitables. Tu en as le droit, je suppose.

— Ah bon ? lança-t-elle, désarçonnée par ce brusque changement d'attitude.

— Puisque tu fais maintenant partie de la famille, autant te mettre au courant.

N'accorde pas trop d'importance à ses paroles, se dit Gwen avec fermeté. *Il pense seulement à Ellie.*

— Ce n'est pas un mode de fonctionnement habituel entre Roman et moi, commença Rio.

— Mais cela risque-t-il de se reproduire ?

— Si j'en crois Roman, je ne suis pas près de le revoir.

Un lourd silence tomba, pendant qu'il se perdait dans ses réflexions.

— Ce test ADN que tu as vu il y a trois ans…

Gwen tressaillit. Le souvenir de ce jour-là resterait à jamais gravé dans sa mémoire. Même après tout ce temps, la blessure ne s'était pas cicatrisée.

— Devons-nous absolument en reparler ?

Elle avait honte de sa lâcheté, mais ne pouvait pas réagir autrement.

— Cela a un lien avec ce qui est arrivé aujourd'hui.

— Vous vous êtes disputés à cause de ton fils ? demanda-t-elle avec douceur.

Un douloureux conflit intérieur se lisait sur les traits de Rio. Manifestement, il avait besoin de se confier. Peut-être n'était-ce qu'une illusion, mais en cet instant elle se sentit proche de lui.

— Je n'ai pas de fils.

Une douzaine d'interprétations se présentèrent à l'esprit de Gwen et elle choisit celle qui expliquait le mieux son expression lugubre.

— Je suis désolée…

Il la fixa d'un air perplexe quand elle s'élança pour prendre ses mains entre les siennes.

— J'ai du mal à imaginer la détresse que la perte d'un enfant peut infliger.

Une vive émotion altérait sa voix. Il retira ses mains pour les poser sur ses épaules.

— Personne n'est mort et je n'ai jamais eu d'enfant. En revanche, Roman en avait un sans le savoir. Jusqu'à ce que je le lui annonce tout à l'heure.

— Tu n'as pas d'enfant ?

Bouche bée, les jambes flageolantes, elle se laissa tomber dans un grand fauteuil en cuir, derrière elle. Les mots de Rio résonnaient dans sa tête mais elle ne parvenait pas à en dégager le sens.

Était-ce vrai ?

— Je ne comprends pas.

— Quinze jours avant que je te rencontre, j'ai reçu la visite de… Peu importe son nom. Cette femme avait été la maîtresse de mon frère deux ans plus tôt et il avait voulu l'épouser, ce qui m'avait complètement abasourdi. À l'époque, il avait la même mentalité que…

— Toi ?

— Oui. Quoi qu'il en soit, elle était déjà mariée et il l'ignorait.

— Elle ne le lui avait pas dit ?

Rio eut un geste d'impuissance, puis ses mains retombèrent le long de son corps.

— Non. Elle avait ses raisons, qui lui semblaient justes… Dès qu'il l'a su, Roman lui a demandé de divorcer. Elle a refusé et… leur rupture s'est très mal passée. Quelques semaines plus tard, elle découvrait qu'elle était enceinte.

— Elle a fait croire à son mari que le bébé était de lui ?

— Cela n'a pas été nécessaire parce qu'il est mort avant qu'elle apprenne sa grossesse. Revenons maintenant aux semaines qui ont précédé notre rencontre. Cette femme est venue me voir, m'a fait promettre de ne rien dire à

Roman et m'a raconté toute l'histoire en m'annonçant que son fils était gravement malade. Il avait besoin d'un greffe de moelle osseuse et son groupe sanguin était rare.

Gwen écarquilla grand les yeux.

— Les résultats du test ADN !

— Oui. Les vrais jumeaux ont un ADN identique. Je pouvais donc être donneur à la place de Roman.

— Tu as fait cela ? Et le petit garçon… Ton neveu ? Il va bien, maintenant ?

— Aux dernières nouvelles il était en bonne santé. Marisa m'envoie une carte et des photos tous les ans à Noël.

— N'as-tu jamais été tenté de tout raconter à Roman ?

Elle se reprit aussitôt.

— Désolée. Je n'aurais pas dû te poser la question.

— Pourquoi ?

Il était sincèrement surpris, preuve que leur relation avait évolué.

— Évidemment, reprit-il. J'ai failli rompre ma promesse à plusieurs reprises. Si mon frère n'avait pas disparu de la circulation, je lui aurais probablement parlé. Mais il s'est retiré du monde pour écrire. Comme je ne le voyais plus, j'ai cessé de m'interroger.

— Tout de même… Pourquoi ne s'est-elle pas adressée directement à ton frère ? Pourquoi ne lui a-t-elle pas annoncé la naissance du bébé ?

Gwen s'interrompit en prenant conscience de l'ironie de la situation. Elle n'avait pas le droit de porter un jugement. N'avait-elle pas agi exactement pareil ?

Elle baissa les yeux.

— L'orgueil a beaucoup joué dans sa décision, j'imagine, expliqua Rio. À l'époque où elle m'a contacté, Roman avait une liaison tapageuse avec une actrice. Leurs photos s'étalaient dans tous les journaux.

— Oh…, murmura Gwen avec un élan d'empathie. Cela a dû être difficile d'élever seule son enfant, surtout avec une maladie grave.

Rio sentit monter en lui un fort instinct de protection.

— Tu as vécu cela, toi aussi.

— Ce n'était pas la même chose.

— Tu n'avais personne pour te soutenir.

L'idée que ses parents l'avaient abandonnée le mettait encore en rage. Comment ces gens qui auraient dû l'entourer et l'aimer au moment où elle avait le plus besoin d'eux avaient-ils pu se dérober à leur responsabilité ? C'était inexplicable. Et impardonnable. Lui serait toujours là pour Ellie.

— Et tu n'avais pas beaucoup d'argent, continua-t-il. Ne compare pas les situations, Gwen. La tienne était bien pire. Il t'a fallu batailler alors que Marisa n'avait aucun souci matériel.

Ce plaidoyer inattendu en sa faveur mit le rose aux joues de Gwen.

— Mais Ellie n'est pas malade, argua-t-elle. Ce doit être tellement dramatique de prendre seule des décisions importantes, sans aucun soutien, quand la vie de son enfant est en danger… Le manque d'argent n'est rien à côté de la solitude, poursuivit-elle en réfléchissant à voix haute. C'est dur de n'avoir personne avec qui discuter et partager les responsabilités… Était-elle encore amoureuse de Roman ?

— Je ne suis pas expert en la matière… Ce mot n'a pas de sens pour moi.

Ce n'était pas facile de se prononcer quand on avait soi-même fui toute sa vie les relations sentimentales. L'exemple qu'il avait eu dans son enfance l'avait dégoûté à tout jamais. L'amour qui unissait ses parents s'apparentait à une force destructrice anéantissant toute résistance quand il vous tenait entre ses griffes…

Gwen revint à la réalité. Le message contenu dans les paroles de Rio était explicite. Elle n'avait rien à espérer de lui. Il ne l'aimerait jamais. Mais il aimait leur fille. N'était-ce pas ce qui comptait plus que tout ?

— Ton frère est encore en couple ?

— Qui sait ? Il n'est plus sous les projecteurs. On ne parle plus du tout de lui dans les journaux. Il vit de nouveau en ermite.

— Vous ne vous ressemblez pas. Toi, tu ne dédaignes pas les paparazzi.

Elle avait vu tant de photos de Rio dans les magazines people ! Toujours avec des célébrités pendues à son bras, des mannequins ou des actrices superbes…

Rio ne réagit pas à la moquerie.

— Sa rupture avec Marisa a été pleine d'amertume et d'acrimonie. Dans ces moments-là, on a parfois des mots malheureux, difficiles à oublier.

Essayait-il de lui transmettre un message personnel ? Regrettait-il ses propos d'il y a trois ans ?

— Tu as peur que ton frère ne te pardonne pas ?

Rio acquiesça tristement. Manifestement, il s'en voulait beaucoup.

— Tu lui pardonnerais, toi, si les rôles étaient inversés ?

Désarçonné par sa question, il sortit dans le patio et se mit à faire les cent pas en se massant la nuque. Elle l'observa un instant avant de le rejoindre.

Un doux parfum de thym et de lavande flottait dans l'air chaud.

— C'est mon jumeau. Je ne prétends pas avoir une connexion magique ou télépathique avec lui. Par le passé, nous nous sommes toujours soutenus, quelle que soit la distance qui nous séparait. Je lui tiens grief d'avoir démissionné en me laissant la direction de l'entreprise, mais nous aurions dû percer l'abcès tout de suite. Au lieu de quoi, nos relations se sont lentement détériorées. Je me sentais déjà très coupable…

— Donc, à sa place, tu pardonnerais.

Il ébaucha un sourire.

— Mais avant, je lui mettrais mon poing dans la figure.

— Alors, il finira par te pardonner lui aussi.

Il éclata de rire.

— Tu aimes les happy ends, n'est-ce pas ?

— Comme tout le monde, non ?

Même si sa propre histoire ne connaissait jamais un dénouement heureux… On ne pouvait pas forcer quelqu'un à vous aimer.

Elle mit une main en visière pour s'abriter du soleil.

— Tu as très mal ? demanda-t-elle en examinant sa paupière gonflée.

— J'ai pris de l'aspirine.

— Et du cognac, le taquina-t-elle.

Il considéra un instant son visage, où des taches de rousseur étaient apparues sur son nez et ses pommettes. Il esquissa un geste, comme pour la caresser, puis son bras retomba.

— Viens t'asseoir à l'ombre. Nous entendrons Ellie si elle se réveille.

Gwen le suivit. Elle hésita à s'asseoir avec lui sur la balancelle, mais les autres fauteuils étaient trop loin. Elle ne voulait pas donner l'impression de le fuir.

Il ne s'était rien produit d'essentiel. Pourtant, la lucidité avait rattrapé Gwen et elle affrontait une réalité qu'elle s'était cachée jusque-là. Elle aimait Rio et il ne lui rendrait jamais son amour…

— Ton frère a parlé d'une fête.

— Ah, oui. Tous les ans, ma mère donne une soirée

pour fêter son divorce, et remercier tous ceux qui l'ont soutenue au fil du temps, malgré les efforts de mon père pour la couper de son entourage amical. Dans notre famille, on fête le divorce !

Il vida son verre en guettant sa réaction.

— Si maman décidait de quitter mon père, je serais contente.

Cet aveu le fit rire.

— Donc tu es comme moi, tu ne crois pas au mariage.

— Je n'ai pas dit cela.

Elle marqua une pause.

— Je connais les statistiques, mais cela reste un objectif dans ma vie. Il n'existe peut-être pas de mariages parfaits, mais je sais ce qu'il faut pour que cela marche.

— C'est-à-dire ?

Elle répondit sans la moindre hésitation.

— Une communication libre, constante et sans interdit. On doit pouvoir parler de tout avec la personne dont on partage la vie. Ce qui ne signifie pas qu'on ne peut pas être différent. On ne doit pas perdre son individualité. Naturellement, il faut des valeurs communes. C'est fondamental. Tout repose sur l'honnêteté et la confiance.

— Tu as beaucoup réfléchi à la question. L'amour n'est pas essentiel, pour toi ?

Elle agita la tête vigoureusement.

— Si, bien sûr. Mais on ne doit pas s'en contenter. Les sentiments sont éphémères quand on ne les alimente pas. L'amour ne dure pas si le reste manque.

Le silence qui suivit l'embarrassa. Elle était gênée de s'être livrée ainsi, sans réserve et avec autant de conviction. Rio devait se demander comment changer de sujet…

— Quand nous étions enfants, Roman et moi nous étions promis de ne jamais nous marier ni avoir d'enfants. La paternité effrayait plus Roman que moi parce qu'il avait peur de tenir davantage de notre père. Il ne voulait pas courir le risque de transmettre de mauvais gènes.

Gwen poussa un petit cri horrifié. Elle devinait quels souvenirs douloureux se dissimulaient sous le ton faussement désinvolte de Rio. Ils avaient dû beaucoup souffrir, son frère et lui, pour que leurs mentalités et leurs modes d'existence en restent influencés aussi longtemps.

— Voilà pourquoi je n'ai rien dit à Roman…

— Tu croyais le protéger.

Il eut une moue sceptique.

— Je n'en suis même pas certain. À l'époque, je n'avais aucune idée sur la paternité, pas la moindre notion. Maintenant, je me rends compte que je l'ai privé d'une grande joie.

Gwen fut émue par sa sincérité.

— Roman considérait le mariage comme une prison et j'étais d'accord avec lui. En apprenant qu'il avait voulu épouser Marisa, j'aurais dû comprendre qu'il avait évolué, réglé ses comptes avec le passé, même si moi j'en étais toujours au même point.

Sa voix altérée trahissait un profond mépris à l'égard de lui-même.

— Le mariage de ma mère était vraiment une prison…

Gwen lui prit la main.

— Ta mère a une forte personnalité, pour s'en être sortie aussi bien. Elle a l'air très heureuse.

Un petit muscle tressauta sur la joue de Rio.

— Oui, elle est heureuse. Mais elle n'est jamais retournée dans la maison depuis la mort de notre père.

Une lueur de tendresse brilla dans les yeux bleus de Gwen. Jo avait eu le courage de leur offrir une nouvelle vie, à elle et à ses fils. À quoi aurait ressemblé l'existence de sa propre mère si elle n'avait plus toléré les infidélités de son mari volage ? Si elle avait réussi à le quitter ?

Peut-être n'échappait-on jamais totalement à son passé. Les révélations de Rio en disaient long sur son enfance et son caractère. Elles expliquaient aussi son refus intransigeant de s'engager dans une relation sentimentale. Une grande tristesse envahit Gwen, avec de la colère et du dégoût pour le père qui les avait tant marqués, son frère et lui.

— Quel âge avais-tu ?

— Douze ans quand ils se sont séparés, vingt quand il est mort. Entre les deux, en tout cas jusqu'à notre majorité, nous étions obligés de passer la moitié des vacances avec lui. Il nous soutirait des informations dont il se servait ensuite contre maman. Il voulait savoir qui elle voyait, ce qu'elle racontait sur lui… Ce genre de choses.

Gwen hocha la tête, sans lui dire que Jo lui avait déjà brossé le tableau. Les confidences de Rio la touchaient. En même temps, elle essayait de ne pas y voir des raisons d'espérer.

— Il n'était pas seulement toxique à cause de sa jalousie maladive, il était tyrannique et voulait tout contrôler.

La répulsion qui se peignit sur ses traits serra le cœur de Gwen. Car si Jo avait échappé à cet homme abject, il semblait que ses fils n'étaient pas encore guéris. C'était terrible d'utiliser ses propres enfants comme des armes, et malheureusement pas aussi rare qu'on l'imaginait.

— Cela a été un soulagement.

Il lui jeta un regard en coin, comme s'il craignait qu'elle le condamne.

— Sa mort a été un soulagement, précisa-t-il.

— Bien sûr.

La culpabilité était un trait de caractère indissociable de la personnalité de Rio.

— Sa mort t'a libéré ? demanda-t-elle.

Décontenancé par la question abrupte, il hésita en

se retranchant derrière ses défenses. Mais il n'y avait aucune curiosité malsaine dans l'intérêt que Gwen lui manifestait, et il poursuivit.

— Oui, mais pas entièrement. Au fil des ans, il avait si souvent menacé de nous déshériter que nous y avions cru. Nous menions chacun nos projets. Roman était en deuxième année de licence à Oxford et j'avais pris un congé sabbatique pour travailler dans le bush australien, dans le Territoire du Nord.

Gwen écarquilla les yeux.

— Je t'imagine à cheval, habillé en cow-boy !

Il sourit brièvement.

— En fait, il nous avait tout légué, le domaine familial, l'argent et la société d'investissement privé qu'il avait fondée. Ce sinistre individu s'y entendait en affaires et savait gagner de l'argent. Même mort, il a donc continué à régenter nos existences. Nous avons mis les bouchées doubles pour nous initier à la gestion des affaires.

Il fronça les sourcils, choqué de se livrer aussi facilement. Il avait vaincu sans s'en rendre compte les résistances de toute une vie pour répondre aux questions de Gwen et lui dépeindre le milieu qui l'avait forgé.

Peut-être fallait-il arrêter là les confidences. Gwen n'était pas thérapeute et n'avait pas besoin de connaître à fond sa psychologie et les sombres détails de son enfance.

— Excuse-moi, je m'égare. Tu en as peut-être assez de m'écouter.

Mais elle lui prêtait une oreille attentive et s'abstenait de tout jugement.

— Vous avez travaillé ensemble, Roman et toi ?

— Au début, oui. Nous formions une bonne équipe. Ensuite, il est parti.

Cela avait dû être dur d'endosser toutes les responsabilités dans la société, songea Gwen.

— Il te manque ?

Il baissa les yeux et se déroba.

— Nous n'avons jamais été inséparables.

— Qu'est-ce qui a finalement décidé ta mère à quitter ton père ?

— Cette maison. Elle l'avait héritée de sa famille. Nous y venions régulièrement en vacances jusqu'à ce que mon père la prenne en grippe, juste parce que ma mère l'adorait. Il a négocié la vente sans la consulter, et lui a demandé de signer l'acte au dernier moment. Elle a eu l'impression de se réveiller brusquement d'un long cauchemar. Elle a déchiré le contrat, fait ses valises, téléphoné à un avocat et nous a amenés ici avec elle. Cet avocat fait partie des invités de la fête. C'est un groupe assez hétérogène, mais ils te plairont, je pense.

— Tu ne vas pas annuler la soirée ?

— Non. C'est l'occasion idéale pour te présenter aux gens qui comptent pour moi. Toi et Ellie, bien sûr.

— Tu veux officialiser notre liaison ?

— Je n'ai pas beaucoup apprécié la façon dont tu t'es cachée dans ma voiture quand je suis venu te chercher à l'école…, plaisanta-t-il.

Elle rougit en se remémorant l'incident.

— Mais je devrais peut-être te demander ton avis ?

— Cela changerait quelque chose ?

— Évidemment.

Sa réponse parut la surprendre.

— Je n'ai pas honte d'être père. Je suis fier d'Ellie et de l'éducation que tu lui donnes.

Flattée par le compliment, elle devint carrément écarlate.

— Tu n'es plus seule, désormais, même si je ne te demande pas de m'épouser.

— J'avais bien compris.

— Je ne remplis pas tes critères, mais je veux faire partie de ta vie et de celle d'Ellie.

Il n'existait probablement aucun homme à la hauteur, mais il barrait l'accès à d'éventuels prétendants…

Gwen comprenait qu'il s'agissait uniquement d'Ellie. La gorge serrée, elle s'abstint de répondre.

— Nous devrions vivre ensemble, pour le bien d'Ellie.

L'expression de Gwen se durcit. Elle voulut se lever, mais il la retint.

— Vivre dans le mensonge, murmura-t-elle, hébétée.

L'idée de s'engager sur le même chemin que sa mère lui répugnait.

— Pas du tout, se récria Rio. Nous aurons une relation libre, basée sur la franchise. Nous avons tous les deux les intérêts d'Ellie à cœur et je ne me contenterai pas d'être père un week-end sur deux.

— Qu'entends-tu par *libre* ?

— Pour le moment, je n'ai pas envie d'une autre femme. Néanmoins, je ne veux pas te faire de promesse irréaliste que je risque de ne pas tenir. J'ai trop de respect pour toi.

Glacée par son ton détaché, elle se fit violence pour écouter la suite.

— Je possède une maison à Londres et il se trouve que celle qui est juste à côté est à vendre, avec un beau jardin. Il y a une bonne école tout près. Tu pourrais venir. Qui sait ? Si nous nous entendons bien, nous abattrons peut-être le mur mitoyen.

— Ou tu y installeras ta maîtresse, répondit-elle platement, en résistant à l'envie de hurler et taper du pied.

Ce n'est pas ton respect que je veux, mais ton amour, pauvre idiot !

Ce n'était pas la proposition dont elle avait rêvé !

— Ou alors mon amant ne voudra pas de toi comme voisin, susurra-t-elle perfidement, ravie de l'effet produit quand il lui lança un regard assassin. Désolée, Rio, mais nous voici revenus à la case départ. Ton projet ne m'enthousiasme pas du tout. Je ne te dénierai pas le droit de voir Ellie, mais les demi-mesures ne sont pas pour moi.

Il était choqué. Manifestement, il n'avait pas l'habitude d'essuyer des refus.

— Tu ne m'as pas compris, insista-t-il. Il ne s'agit pas de vivre dans le mensonge.

Elle déformait tout, alors qu'il avait soigneusement réfléchi à la situation.

— Tu veux juste m'installer dans la maison voisine pour que je sois disponible. Autrement dit, tu me proposes d'être ta maîtresse, s'insurgea-t-elle avec rage. Eh bien, non, je refuse.

— Ne te fâche pas ! Au moins j'avais un projet. Que suggères-tu ?

— Absolument rien. Je n'ai pas l'intention de quitter mon travail ni de bouleverser mon existence pour déménager à l'autre bout du pays uniquement parce que c'est plus pratique pour toi.

Elle se leva.

— Tu veux te marier ? C'est cela ?

Le sarcasme décupla la colère de Gwen, qui pointa furieusement son index sur lui.

— Absolument ! J'en meurs d'envie, répondit-elle avec une ironie mordante.

Ulcéré, Rio se saisit de son poignet pour l'obliger à se rasseoir. Elle résista en prenant appui sur le montant de la balancelle, mais il posa une main sur sa nuque et attira son visage vers le sien. Il la sentit frémir. Malgré les battements sourds de son cœur qui martelaient ses tempes, il percevait le sifflement de sa respiration irrégulière. Elle avait les pupilles anormalement dilatées.

Une sensation étrange l'envahit, comme si la chaleur

et la présence de Gwen avaient le pouvoir de combler son vide intérieur. Un désir brûlant l'embrasa, remplaçant la colère qu'elle avait déclenchée. Et en dépit de tout, une immense tendresse monta en lui. Elle paraissait tellement vulnérable ! Il ne voulait pas profiter de la situation et abuser de cette fragilité…

Il la lâcha brusquement, avec un grognement indistinct. Ce fut si soudain que Gwen chancela en reculant.

Elle resta un moment à le regarder, complètement perdue, en aspirant de grandes goulées d'air comme quelqu'un qui a peur de se noyer.

La violence des émotions qu'il instillait en elle la terrifiait et l'excitait tout à la fois. Elle ne savait plus qui elle était, ni ce qu'elle éprouvait. Elle se serait révoltée s'il l'avait embrassée. En même temps, elle était déçue et en colère parce qu'il ne l'avait pas fait.

Elle souffrait.

Elle dissimula son humiliation derrière un masque inexpressif.

— Je vais voir Ellie.

La tête haute, elle tourna les talons et disparut dans la maison.

Fasciné par le gracieux balancement de ses hanches, Rio la suivit des yeux et poussa un long soupir de frustration. Il porta la main à son visage tuméfié et serra les dents pour réprimer un gémissement de douleur.

11.

Trente allers-retours forcenés dans la piscine n'avaient pas calmé la frustration de Rio. Il aurait voulu se punir et s'épuiser pour faire taire la petite voix intérieure qui le harcelait.

Il prit appui sur le bord pour se hisser hors de l'eau, puis se ravisa brusquement et replongea tout au fond. Il retint sa respiration le plus longtemps possible, jusqu'à ce que le manque d'air lui brûle les poumons. Alors seulement, il se propulsa à la surface et avala une grande goulée d'air.

Des lumières multicolores dansaient dans sa tête. Il avait du mal à retrouver son souffle. Mais les souvenirs de la nuit précédente étaient toujours trop présents à son esprit.

Et ils le resteront, Rio, car ils t'obsèdent. Il secoua la tête et des gouttelettes argentées brillèrent dans la lumière.

Lâche prise, conseilla sa conscience. Mais ce n'était pas chose aisée lorsqu'on avait éperdument envie de revivre des instants aussi merveilleux.

Il se laissa flotter sur le dos, les bras en croix, en contemplant à travers ses paupières mi-closes le ciel nocturne piqueté d'étoiles. Il était 3 heures du matin et il n'avait pas encore réussi à fermer l'œil.

Avec un grognement, il recommença à fendre l'eau vigoureusement. Ses bras et ses jambes se mouvaient en cadence. Une détermination farouche l'animait.

Il attendit d'être à bout de forces pour s'arrêter. Ruisselant, il demeura debout sur le bord, les yeux dans le vide, presque invisible dans l'obscurité. L'exercice ne lui avait pas éclairci les idées, ni dompté le corps.

Il ferma les paupières et renversa la tête en arrière en soupirant. S'il ne pouvait pas se débarrasser de ce qui le tourmentait, il lui faudrait vivre avec…

Il prit une douche froide en espérant apaiser le désir ardent, implacable, qui bravait son self-control pourtant légendaire. Si Rio tolérait la faiblesse chez les autres, il la refusait catégoriquement pour lui-même. Depuis les débordements hormonaux de l'adolescence, il avait appris à maîtriser ses pulsions et se dominait parfaitement.

Après s'être séché énergiquement, il jeta la serviette sur son épaule et regagna la maison.

Gwen et lui s'étaient reparlé, mais de manière très superficielle, en évitant de s'adresser directement l'un à l'autre. Ils reportaient leur attention sur Ellie qui était évidemment ravie de ces marques d'intérêt.

Rio avait conscience de son comportement puéril, mais il n'était pas du tout prêt à faire le premier pas pour dégeler l'atmosphère.

Il traversa la salle de séjour sans prendre la peine d'allumer les lumières. Malgré la climatisation, le sol était encore chaud sous ses pieds nus. Il se dirigea vers les chambres. Les suites vides étaient ouvertes. La porte à côté de la sienne était fermée. Il s'arrêta devant.

La bataille qui se livrait dans son for intérieur se reflétait sur ses traits crispés. Ses émotions se lisaient sur son visage, mais peu importait, il n'y avait pas de témoin. Gwen était derrière cette porte… Était-elle endormie ou luttait-elle contre l'insomnie en pensant à lui ? Il l'imagina blottie sous le drap, ses cheveux magnifiques répandus sur l'oreiller.

Que dirait-elle s'il frappait ?

Un soupir s'échappa de sa bouche. Il tenait à sa liberté et son indépendance qui n'avaient pas de prix. Sa paternité n'y changerait rien.

Il y avait néanmoins un problème. Chaque fois qu'il regardait Gwen, qu'il sentait sa peau ou la touchait, un bout du rempart qu'il avait soigneusement érigé pour se protéger s'effritait dangereusement. Or, il tenait absolument à rester maître de la situation.

Que faisait-il ? Avait-il perdu la tête ?

Agacé, il serra les dents et s'éloigna. Mais à peine avait-il fait deux pas que la porte de Gwen s'ouvrit. Il se retourna, le cœur battant. Elle portait un simple T-shirt qui moulait sa silhouette et s'arrêtait en haut des cuisses, révélant ses longues jambes bronzées.

Comme pour le coup de poing de son frère, il ne tenta pas de réagir. De toute façon, il n'aurait pas pu étouffer la flamme du désir qui l'embrasa instantanément. Tout effort aurait été vain. Il n'aurait pas résisté davantage au déferlement d'un raz-de-marée.

Gwen se figea sur place.

— Je… Je voulais juste…

Elle s'interrompit en cherchant ses mots.

— Un verre de lait…, reprit-elle faiblement, vaincue par la violence de son désir.

Rio était si beau… Leur rencontre inopinée la prenait au dépourvu. Elle n'avait pas eu le temps de préparer ses défenses et ne pouvait pas dissimuler l'émotion qui la ravageait.

— Oh ! mon Dieu…, chuchota-t-elle, la gorge nouée.

Elle était incapable de lutter contre la force qui l'emportait. Le combat était inutile.

Pendant quelques secondes, ils demeurèrent immobiles, comme frappés de stupeur. Puis ils tombèrent dans les bras l'un de l'autre et s'embrassèrent avec une passion éperdue. Gwen se suspendit au cou de Rio tandis qu'il caressait son corps agité de tremblements.

Retroussant le bas de son T-shirt, il pressa les paumes sur ses fesses, et elle renversa la tête en arrière avec un gémissement pour s'abandonner à ses baisers.

Les reins creusés, offerte, elle fut tout à coup assaillie par une pointe de culpabilité et se redressa légèrement en posant les doigts sur sa joue.

— Ta pauvre bouche, murmura-t-elle en effleurant ses lèvres. Je ne veux pas te faire mal.

Avec un sourire éclatant, il enserra son visage entre ses mains.

— Ne t'inquiète pas. Je ne suis pas douillet et je guéris vite.

Il l'embrassa de nouveau, avec une sensualité enivrante. Bouleversée par la lueur qui brillait au fond de ses yeux, elle vacilla dangereusement sur ses jambes.

— Tu es si belle…, chuchota-t-il à son oreille. Tu ne vas pas m'inviter à entrer ?

Sans répondre, elle se contenta de le regarder avec un tel désir que Rio en fut bouleversé, avec une intensité qu'il n'avait encore jamais éprouvée jusque-là.

Elle se retourna et il la suivit à l'intérieur, jusqu'au lit. Les draps et les oreillers étaient dans un désordre indescriptible. Apparemment, il n'était pas le seul à souffrir d'insomnie.

Gwen s'assit au bord du lit en gardant les yeux rivés aux siens. Il s'approcha, saisit le bas de son T-shirt, et elle leva les bras sans mot dire pendant qu'il le lui ôtait.

Elle ferma les paupières en l'entendant pousser un gémissement rauque et se sentit envahie par une langueur incoercible.

Le matelas s'affaissa sous le poids de Rio qui s'étendit

face à elle, cuisse contre cuisse. Elle frissonna au contact de sa peau et rouvrit les yeux. Tout en l'embrassant sur la bouche, elle se persuada que l'avenir n'avait pas d'importance. Seul comptait l'instant présent, qu'elle allait partager avec cet homme qu'elle aimait.

Il la caressait partout et elle le tenait étroitement enlacé. Elle avait l'impression de flotter. Paradoxalement, elle n'avait jamais eu une conscience aussi aiguë de son corps et des sensations qui la submergeaient.

— J'ai envie de goûter ton sexe…

La bouche humide de Rio descendit vers son ventre et le haut de ses cuisses. Bientôt, sa langue lui arracha des cris de plaisir et elle s'arc-bouta à sa rencontre.

Par deux fois, il la mena tout au bord de l'extase avant de céder à ses supplications et de la laisser le guider en elle, dans sa douce moiteur.

— Regarde-moi, Gwen. Je veux voir ton visage, l'implora-t-il.

C'était un amant généreux qui ne s'était jamais montré égoïste, mais il n'avait jamais eu autant d'égards pour elle.

Ils bougèrent à l'unisson, dans un accord parfait, ponctué par des cris et des gémissements qui se répondaient et montèrent en puissance jusqu'à l'explosion finale. La jouissance emporta Gwen avec une violence inouïe. Les vagues de plaisir se succédèrent, tandis qu'elle s'agrippait à lui, la tête enfouie au creux de son épaule. Finalement, il roula sur le dos, haletant, et sa respiration se calma peu à peu.

— Je reste ? demanda-t-il en tournant le visage vers le sien.

Elle contempla avec amour son beau visage couvert de contusions et un désir brûlant la transperça.

— Oui, murmura-t-elle en se lovant tout contre son corps.

Comment l'aurait-elle relégué dans la chambre voisine ? C'était tout aussi inacceptable que l'idée d'habiter à côté de chez lui.

L'approche de la fête rendait Gwen nerveuse, mais pas autant qu'elle le craignait. Il n'y avait que quarante-huit heures à attendre. Heureusement, la mère de Rio avait tout organisé à distance avec un traiteur. Il suffisait d'ouvrir la porte pour recevoir les livraisons.

Cela estompa le sentiment d'isolement que Gwen éprouvait depuis son arrivée à la villa. À l'exception des visites éclairs de Jo et Roman, ils n'avaient vu personne. Elle aurait tout aussi bien pu vivre sur une île déserte.

Rio avait eu raison de parler d'un mélange d'invités très divers. Jo connaissait toutes sortes de gens, essentiellement au travers de ses activités de bénévolat. Quelques célébrités se trouvaient parmi eux.

Gwen, qui s'inquiétait de ne pas savoir comment s'habiller, fut vite rassurée. Tous les styles étaient représentés, du plus excentrique au plus classique. Au moins trois hommes et une femme étaient en jean. Plusieurs portaient smoking, chemise blanche et nœud papillon, comme Rio. Il y avait quelques robes du soir, mais la plupart avaient choisi un entre-deux, à l'instar de Gwen, qui arborait un fourreau en soie couleur améthyste, avec un décolleté en V dans le dos. Elle se félicitait d'avoir ajouté cette tenue dans sa valise au dernier moment.

Elle n'avait pas vu Rio depuis une demi-heure. Comme promis, il s'était tenu à ses côtés à l'arrivée des invités pour la présenter. *Gwen, la maman d'Ellie.* Ensuite, il avait disparu, la laissant se débrouiller toute seule. Mais tout se passait bien. Personne ne posait de questions indiscrètes.

On avait installé en évidence une photographie d'Ellie que tout le monde admirait. À la demande de sa mère, Rio lui avait envoyé la même par mail. Ravie d'être grand-mère, Jo avait hâte de revoir sa petite-fille.

Ellie était couchée et dormait. Gwen ne voulait pas exposer sa fille à la curiosité générale. Rio avait acquiescé.

Un chanteur bien connu s'installa au piano pour jouer un de ses meilleurs succès. Cette icône des années 1980 vieillissait plutôt bien en dépit de ses excès en tous genres. Il était venu accompagné d'une femme qui jouait du saxophone, et dirigeait apparemment l'association fondée par Jo. Vêtue d'une combinaison pantalon à la dernière mode, elle avait l'air d'un top model.

— Où est Rio ? demanda une invitée dont Gwen avait oublié le nom.

— Je ne sais pas du tout.

— La dernière fois que je l'ai vu, il était avec Rach qui avait bu quelques gin-fizz de trop. Le pauvre a certainement besoin d'être secouru.

Gwen se souvenait précisément de cette Rach, une blonde peroxydée très tactile, en minirobe lamé argent, qui riait à gorge déployée en serrant le bras de Rio.

Elle s'éclipsa discrètement. Rio était peut-être allé voir Ellie. Un sourire de fierté étira ses lèvres. Il se comportait vraiment en bon père. C'était rassurant, pour une mère célibataire. Si jamais il lui arrivait quelque chose, Ellie ne serait pas seule au monde.

Ce cauchemar récurrent qui hantait ses nuits ne s'était pas produit une seule fois depuis leur arrivée à la villa. Gwen n'était sans doute qu'un objet sexuel pour Rio, mais il souhaitait sincèrement jouer son rôle dans la vie de leur fille. Finalement, cette certitude lui suffisait. N'était-ce pas le plus important ?

En traversant le hall, elle ôta ses hauts talons qui lui

meurtrissaient atrocement les pieds et les garda à la main. Libérée de cette torture, elle s'engagea en trottinant dans le couloir.

Rio avait considérablement allégé sa charge de travail en s'entourant d'une équipe de collaborateurs de confiance auprès desquels il pouvait déléguer une part de ses responsabilités. Cela s'était révélé nécessaire après la démission de son frère.

Jusqu'alors, il ne s'était jamais absenté très longtemps de la direction des affaires. Mais s'il voulait prouver à Gwen le sérieux de son engagement, il faudrait s'adapter et montrer de la souplesse.

Il avait laissé un numéro d'urgence à son adjoint, en lui recommandant expressément de ne l'utiliser qu'en cas d'extrême nécessité.

Quand on l'avait appelé un peu plus tôt sur cette ligne, il s'était donc senti obligé de répondre, malgré les circonstances.

À présent, il s'en félicitait. La visioconférence avait connu quelques moments houleux, mais il avait évité un désastre qui aurait coûté cher à la compagnie.

Les échos de la soirée lui parvenaient assourdis dans cette pièce aux murs tapissés de livres. Enfant, il s'y réfugiait pour lire dans un coin pendant que sa mère écrivait son journal intime. Elle s'était promis de publier un jour ses mémoires et il se demanda distraitement si elle en avait toujours l'intention.

Il s'apprêtait à se lever de son fauteuil lorsqu'une voix basse, légèrement voilée, l'arrêta dans son élan.

— Rio… te voilà enfin. Je te cherche partout.

Il soupira. L'alcool ne réussissait pas à tout le monde et Rachel était de ceux-là.

— Bonsoir, Rach. Tu voulais me voir ?

Charmante quand elle était à jeun, la jeune veuve se comportait comme une pieuvre quand elle avait un peu trop bu, ce qui lui arrivait de plus en plus fréquemment. Malgré les conseils de ses amis, elle refusait d'affronter le problème.

— Tu m'attendais, chéri ? susurra-t-elle en tanguant dangereusement sur ses talons aiguilles.

La sympathie de Rio se teinta d'impatience. Il n'avait pas de temps à perdre. Il voulait rejoindre Gwen et les invités.

— Non, désolé.

— Oh ! moi je crois que si… Si nous allions nous baigner ?

Elle se mit à glousser.

— Je n'ai pas de maillot, mais cela t'est égal, n'est-ce pas ?

— Ce n'est pas une bonne idée, Rach.

Affolé par la vitesse à laquelle la farce pouvait virer à la catastrophe, Rio se leva, mais pas assez vite pour empêcher la jeune femme de tirer sur la fermeture Éclair de sa robe, qui glissa sur ses épaules.

— *Dios mio*, Rachel. Tu as besoin d'un café.

Elle tituba et pâlit. Au bord des larmes, elle avait parfaitement conscience du ridicule, et Rio fut pris d'un élan d'empathie. Tout le monde trouvait des excuses à Rachel, qui avait vécu une tragédie. L'amour de sa vie avait succombé à une terrible maladie et elle l'avait accompagné jusqu'au bout, se retrouvant veuve à seulement vingt-cinq ans.

— Non, j'ai besoin de m'allonger…

Elle battit des paupières et retrouva son ton enjôleur.

— Allonge-toi avec moi, Rio…

Elle s'agrippa à sa chemise comme à une bouée de sauvetage.

Réprimant un juron, il l'attrapa par la taille pour l'empêcher de glisser par terre. Elle se maintint debout, mais sa robe tomba à ses pieds.

Gwen arriva sur ces entrefaites et Rio fut d'abord soulagé de ne plus avoir à s'occuper seul de son amie triste et ivre.

Dieu merci, tu es là.

Sur le point de prononcer ces mots, il se ravisa à la vue de son visage blême et de ses yeux accusateurs. Certes, au premier abord, la scène pouvait prêter à confusion. Mais Gwen ne le croyait tout de même pas capable d'abuser d'une femme dans cet état ?

Blessé dans son orgueil par son expression suspicieuse, il lui lança un regard de défi. Oserait-elle formuler tout haut ce qu'elle pensait pendant que Rachel se blottissait contre lui ? Il se sentait à la fois trahi et en colère.

Gwen garda un silence éloquent, qui rappela douloureusement à Rio le mutisme toxique de son père, qui durait parfois des semaines entières. Un détail insignifiant pouvait le provoquer, un simple échange de regard entre sa femme et un homme qu'il imaginait aussitôt être son amant.

Tant pis si Gwen ne lui faisait pas confiance. C'était son problème. Il n'alimenterait pas sa jalousie en se justifiant et en présentant des excuses. Il ne s'abaisserait pas à cela.

Gwen tourna les talons sans mot dire. Elle portait ses chaussures à la main, ces mêmes hauts talons qui avaient inspiré à Rio des fantasmes délicieusement érotiques.

Il tenait toujours Rachel dans ses bras. Ce ne fut pas une mince affaire de la porter sur le canapé en esquivant ses tentatives de caresses et de baisers. Heureusement pour lui, une nouvelle venue apparut sur le seuil, cette fois-ci sans lui lancer de regard accusateur, mais en le considérant avec douceur et gratitude. C'était May, l'amie de Rachel, qui la cherchait.

Elle ordonna à Rio de rejoindre ses invités pendant qu'elle s'occupait de Rachel.

— Ce comportement ne correspond pas à sa vraie nature, ajouta-t-elle.

— Je sais. Elle a besoin d'aide. Elle ne peut pas continuer ainsi.

— Je suis d'accord, soupira May. Il faut peut-être arrêter de lui trouver des excuses. Cela ne lui rend pas service.

Quelques minutes plus tôt, Gwen circulait entre les groupes en bavardant gaiement. Après ce qu'elle avait vu dans le bureau de Rio, elle ne se sentait plus légitime ni à sa place et éprouvait un profond malaise.

Quelle naïveté de croire que la paternité avait changé Rio ! Certes, elle ne se leurrait pas au point de croire qu'il l'aimait. Mais n'avait-il aucun respect pour elle ?

En plus, il avait eu l'air furieux ! Comme si c'était lui la victime. Quel toupet ! Le menton tremblant, elle tâcha de réprimer sa colère et sa désillusion pour faire bonne figure.

Plus encore que la scène dont elle avait été témoin, c'était l'attitude de Rio à son propre égard qui l'avait ulcérée. Il n'avait pas cherché à s'expliquer, ni à la rassurer.

L'aurait-elle cru s'il l'avait fait ? Peu importait. Au moins, elle n'avait pas été obligée de se confronter à la pire de ses angoisses, être comme sa mère, croire n'importe quel mensonge pour rester avec l'homme qu'elle aimait.

Elle avait tellement peur de ressembler à sa mère ! Combien de fois ne l'avait-elle vue supplier son père… Elle ravalait toujours son amour-propre. Pourtant, chaque infidélité la détruisait en l'humiliant davantage.

Gwen était horrifiée à l'idée de présenter un jour cette image à sa fille.

Elle plaqua un sourire de façade sur ses lèvres, mais personne ne sembla remarquer son rire forcé et ses yeux trop brillants.

Rio réapparut bientôt mais ne lui adressa pas la parole. Sans doute pensait-il que c'était à *elle* de s'excuser.

Gwen ne revit pas la créature blonde, mais il lui sembla l'apercevoir dans un taxi à la fin de la soirée. Comme Rio s'attardait au-dehors, elle alla dans la cuisine pour mettre un peu d'ordre, mais les employés, très efficaces, avaient déjà tout rangé. Debout devant la fenêtre, elle regarda Rio qui remontait l'allée après avoir raccompagné les derniers invités.

Il dut la voir car il rentra par-derrière pour la rejoindre. Irritée par sa mine sévère, elle oublia sa résolution de froideur et s'emporta avec véhémence.

— Tu vas sans doute me dire que les apparences sont trompeuses et qu'il ne faut pas juger…

— Pas du tout, la coupa-t-il en haussant un sourcil sardonique.

— Alors, tu avoues ! explosa-t-elle, sidérée par son aplomb.

Rio la considéra en plissant les yeux.

— Cela changerait quelque chose si je me défendais ?

Ce serait seulement le début d'une longue série… Il passerait sa vie à tenter de la rassurer sans jamais y parvenir. Il avait vu le poison de la jalousie à l'œuvre dans le couple de ses parents. Cela les détruirait.

— Je mérite une explication, déclara-t-elle avec raideur.

— Je mérite ta confiance, rétorqua-t-il.

— Tu me garderais ta confiance si tu me surprenais avec un homme à moitié nu ? Je pensais que nous pourrions au moins parler franchement…

— C'est faux. Tu t'es déjà fait ton idée et tu n'en démordras pas. Oh ! tu serais évidemment ravie que je m'abaisse à te présenter des excuses. Mais même si tu me pardonnais, tu remettrais cela sur le tapis à la prochaine occasion !

Visiblement sous le coup d'une violente émotion, il respirait avec difficulté.

Gwen espérait secrètement qu'il la rassure. Elle se serait sentie moins en colère, moins trahie. S'il admettait avoir commis une bêtise, ils auraient fini par en rire ensemble. Au lieu de cela, il la poussait dans ses retranchements.

Il la traitait avec un mépris insupportable.

Son cœur se glaça.

— Je veux rentrer chez moi avec Ellie, déclara-t-elle calmement.

Elle réalisait avec une tristesse infinie qu'elle ne se sentait plus chez elle ici, dans cette villa magnifique, avec Rio.

— Tu veux partir ? s'écria-t-il, décontenancé.

Puis, surmontant le choc et la stupéfaction, il se ressaisit.

— D'accord, comme tu voudras. J'appelle mon pilote.

12.

Quand le taxi s'arrêta devant le cottage, Gwen n'éprouva pas le réconfort attendu. Sa maison lui semblait minuscule et une odeur de renfermé régnait à l'intérieur. Elle avait oublié un bouquet de roses dans un vase.

— Nous voilà chez nous ! lança-t-elle à Ellie avec un entrain forcé. Nous allons passer un bel été.

— À la plage ? demanda l'enfant avec espoir.

Gwen éprouva une pointe de culpabilité. Agissait-elle égoïstement en éloignant Ellie de Rio ? Ne devrait-elle pas plutôt faire des concessions et offrir à sa fille une chance de vie meilleure ? Dehors, le ciel qui se couvrait de gros nuages gris assombrit encore son humeur morose. Elle avait envie de pleurer.

Refusant de céder à la tristesse, Gwen arrêta de s'apitoyer sur son sort. Elle avait pris la bonne décision puisque Rio, loin d'essayer de la dissuader, avait organisé son voyage.

— J'installerai la piscine gonflable, dit-elle.

Le confort matériel ne suffisait pas à assurer le bonheur d'un enfant, songea-t-elle résolument.

Dans l'après-midi, la sieste d'Ellie sembla le moment idéal pour défaire les bagages, mais Gwen manquait singulièrement d'enthousiasme. Se souvenant de sa promesse, elle alla dans l'abri de jardin, sortit la piscine en plastique, l'épousseta et la déplia à l'ombre d'un cerisier.

La pompe à pédale avait malencontreusement disparu.

Après l'avoir cherchée en vain, Gwen se résigna, inspira profondément et entreprit de la gonfler à la bouche.

Dans la villa, tout rappelait à Rio le séjour de Gwen et Ellie. Des jouets traînaient un peu partout et le parfum de Gwen flottait dans l'air. Dans la chambre, la vue du grand lit aux draps défaits acheva de le démoraliser.

Por Dios ! Il sortit sur la terrasse, mais les effluves de thym et de lavande ne lui apportèrent aucun réconfort. C'était l'odeur de Gwen qui lui manquait et qu'il avait envie de respirer.

Il s'accrocha à sa colère. Il avait bien agi en la laissant partir. C'était ce qu'il fallait faire. Pourtant, il avait beau se le répéter, il en était de moins en moins convaincu.

Gwen était la première à parler de confiance. Mais elle ne lui en avait témoigné aucune lorsque les circonstances l'exigeaient. Elle n'avait même pas voulu entendre ses explications.

Lui en as-tu seulement proposé ?

Elle n'aurait pas dû en avoir besoin.

Comment aurais-tu réagi à sa place ? N'avait-elle pas raison de poser la question ? Avoue, tu aurais été fou de rage. L'amour réveille toujours un sentiment d'insécurité et déclenche parfois des réactions primaires.

Son monologue intérieur s'interrompit brutalement. Toute sa vie, il avait fui l'amour comme la peste parce que sa mère avait vécu un enfer. En réalité, elle n'avait connu qu'une perversion de l'amour, une mascarade.

Il suffisait de regarder Gwen avec Ellie pour comprendre ce qu'était l'amour. Il ressentait exactement la même chose lorsque… Un gémissement lui échappa. Il avait montré une lâcheté impardonnable. Il préférait se cramponner à sa solitude plutôt que de s'aventurer en terrain inconnu, juste parce qu'il avait peur que l'histoire se répète.

Mais Gwen s'était insinuée dans son cœur, à son insu et malgré lui. Il devait se rendre à l'évidence. Il avait un besoin éperdu d'amour et une envie folle de fonder une famille. Mais cet aveu qu'il se faisait à lui-même l'effrayait parce qu'il l'exposait à la souffrance et au regret.

Gwen s'interrompit pour reprendre son souffle. En entendant le sifflement de l'air qui s'échappait, elle faillit se mettre à pleurer.

— Tu es ridicule, fulmina-t-elle à voix haute.

— Il n'y a pas que toi.

Était-elle en proie à une hallucination auditive ? Bouche bée, elle fit volte-face au son de la voix grave et familière.

— Toi… Ici ? Comment… ? Pourquoi… ?

— Je réponds dans l'ordre. Oui, je suis là. Deuxièmement, je suis venu sur un vol régulier parce que tu avais pris mon jet. Troisièmement, je veux te ramener à la maison.

Gwen pâlit mais resta sur ses gardes. Elle avait peur de mal interpréter la situation.

— Ce n'est pas nécessaire. Je ne t'empêcherai jamais de voir Ellie. D'ailleurs, j'ai réfléchi à la question. J'accepte ton idée de vivre à côté de chez toi.

Elle souffrirait, évidemment, d'observer en spectatrice les allées et venues de ses maîtresses. Mais de quel droit priverait-elle Ellie de son père ? Juste parce qu'elle ne pouvait pas nouer une relation durable avec lui.

Une émotion mystérieuse brilla dans les yeux de Rio.

— Tu ferais cela ?

Elle hocha la tête.

— Tant que tu ne l'exposes pas… Euh… Tu devras rester discret sur ta vie agitée. Ce n'est pas négociable.

— Ah. Cela ne va pas être facile.

— Pas de moquerie, s'il te plaît.

— Détends-toi, Gwen. Ma proposition ne tient plus, de toute façon.

Elle se détourna, mortifiée, mais il la retint par le bras.

— Je ne veux pas de mur entre nous.

Il posa une main sur sa joue et plongea le regard dans le sien.

— Je ne veux rien qui nous sépare, ajouta-t-il en se penchant pour prendre ses lèvres.

Il l'embrassa avec un mélange étonnant d'avidité et de tendresse qui donna à Gwen envie de pleurer.

— Je sais ce que tu penses, dit-il.

Vraiment ? Alors que je l'ignore moi-même… La tête lui tournait. Elle avait l'impression de flotter sur un nuage, mais s'exhortait à la prudence de peur de se tromper.

— Ne démissionne pas de ton travail si tu ne le souhaites pas. Nous achèterons une maison près de l'école. Il y a une petite propriété à vendre pas très loin d'ici et…

Elle posa un doigt sur sa bouche pour lui intimer silence. Tout allait trop vite.

— Tu veux que nous habitions ensemble… pour Ellie ?

— Non, pour moi, répondit-il d'une voix rauque.

Il lui prit la main et la pressa contre son torse.

— Tu es entrée dans mon cœur. Si tu me quittes, je serai désespéré à tout jamais. Il faut que je te dise quelque chose. Il ne s'est absolument rien passé entre Rachel et moi le soir de la réception. Elle était ivre et très malheureuse. Elle me harcelait. J'étais en mauvaise posture et vraiment soulagé de te voir.

— Je crois que je le savais déjà. Je voulais juste…

— L'entendre de ma bouche, soupira-t-il. Tu méritais bien cela.

Il passa les doigts dans ses cheveux.

— J'ai besoin de toi, Gwen. De ta présence. J'essaierai d'être l'homme dont tu rêves. Je jure de m'y efforcer. Je t'aime et j'ai tenté de me persuader du contraire parce que j'avais peur. Par lâcheté… Mais je ne refuse plus l'amour. Épouse-moi, Gwen. Je veux former une famille avec toi.

À la fin de sa tirade, elle sanglotait et de grosses larmes roulaient sur ses joues.

— Dis-moi au moins que tu pleures de bonheur, supplia-t-il en essuyant son visage avec ses pouces.

Elle agita vigoureusement la tête.

— J'étais tellement triste et maintenant je suis si contente ! Oh ! Rio, je t'aime tant ! Depuis le premier instant de notre rencontre. Beaucoup de choses ont changé depuis, mais pas cela.

Elle éclata soudain d'un rire joyeux.

— Je ne rêve pas ? C'est vraiment en train de m'arriver ?

— J'ai conscience de ne pas être assez bien pour toi, Gwen, mais je te promets de m'améliorer. Veux-tu m'épouser ?

— Oh oui, oui ! Bien sûr. Et tu me conviens parfaitement, déclara-t-elle farouchement. Tu es l'homme le plus merveilleux que je connaisse et Ellie t'aime aussi.

Il déposa un baiser au creux de ses paumes.

— Quand je pense à toi toute seule avec ton bébé… Quelle désolation ! Ce sera différent la prochaine fois.

— La prochaine fois ? répéta-t-elle en écho.

Il scruta son expression avec inquiétude.

— Si tu le souhaites, Gwen. Pour ma part, je suis déjà un homme comblé avec toi et Ellie.

— Eh bien, puisque tu en parles, Ellie me disait justement hier qu'elle avait envie d'un petit frère ou d'une petite sœur…

— Les deux, peut-être ? suggéra Rio malicieusement.

Gwen se hissa sur la pointe des pieds pour l'embrasser.

— C’est négociable. En attendant, rends-toi utile et gonfle la piscine de ta fille.

— Tout à l’heure. J’ai mieux à faire pour l’instant.

Joignant le geste à la parole, il la souleva dans ses bras et l’entraîna à l’intérieur.

Vous avez aimé *L'enfant de Rio Bardales* ?
Découvrez l'histoire de Roman Bardales
dès le mois de mai dans votre collection Azur.
Un roman signé Kim Lawrence.